世界文學
經典名作

小公主

A LITTLE PRINCESS

FRANCES HODGSON BURNETT

法蘭西絲・霍森・柏納特 著
林錚 譯

關於・本書

在一個特別寒冷又陰雨濛濛的冬天裡，莎拉上街買東西，想像自己的衣服是乾的，因為校長罰她不准吃晚餐。走著走著真的看到水溝裡有一枚四便士的硬幣！她把硬幣撿起來，但是還是先去麵包店問問是不是有人掉的。麵包店門口坐著一個小乞丐，已經四餐沒吃了。莎拉告訴自己這個小乞兒是「廣大民眾的其中之一」，而且比自己還要飢餓。莎拉要她等一等，到店裡問老闆娘這個銅板的事，老闆娘說那應該是沒有人的，莎拉可以保留。莎拉用它買了四個麵包，老闆娘看莎拉餓成那樣，又多送她兩個。莎拉給了小乞兒五個麵包，自己只留一個。老闆娘非常驚訝，告訴小乞兒只要餓了就來店裡。

就在莎拉出門的時候，蘭達斯帶了一個助手到莎拉房間裡，似乎計畫著什麼。這件事只有老鼠梅奇斯黛克知道。

莎拉想像著桌上有熱騰騰的飯菜、壁爐燒著火、床上有厚棉被，想著想著睡著了。忽然她被煤炭燒開的聲音吵醒，發現她睡前想像的一切竟然成真了！而且桌子旁還有一件漂亮的睡衣和一疊裝訂精美的書，書的第一頁寫著「給閣樓少女」。這是夢嗎？還是有魔法師來過了呢？她知道這不是夢之後，馬上邀請貝琪來享用。同時蘭達斯也把莎拉發現那些東西的反應告訴卡里斯福德先生。第二天全校師生看到莎拉容光煥發的樣子，簡直不敢相信……

《小公主》出版於一九〇五年，那時正是工業迅猛發展的時期，所以人們認為錢比什麼都重要，覺得強大的國家主宰其他國家，並將其作為殖民地是理所應當的。尤其是英國，此時正是它的鼎盛時期，在全球各地都有殖民地，所以被稱為「日不落帝國」。在這部小說裡也描寫了英國人在其殖民地印度做生意的狀況，他們成為有錢人之後，便任意驅使印度人。

西方一貫流行這樣一個故事模式：曾經幸福的人突然變得不幸，在經受了各種艱難困苦之後重新獲得幸福，白雪公主的故事便是這一模式的體現，法蘭西絲．霍森．柏納特也是受到了這一原型的啟發而創作了《小公主》。

《小公主》一書，將小主人公的成長置於樂觀主義、理想主義的敘事情境中，力圖在這樣的情境中創造出一種新的兒童形象。小女孩莎拉出身世家，被父親送到寄宿學校讀書，家庭富有的時候，校長十分優待她。後家道中落，校長對她變得十分刻薄。最後，莎拉繼承了遺產，又轉為富有。小說深刻地反映了世態炎涼，著重描寫了女孩莎拉面對這種境遇的轉變如何自處，她能始終以樂觀的、自得其所的心態面對世事變遷……

首先，吸引小讀者的，肯定是無巧不成書的故事，莎拉的命運，歷經「公主——女僕——公主」的跌宕，每一次轉折都充滿了張力，她是在明欽小姐為她專門舉辦的十一歲生日茶會上被告知她父親破產並病逝的噩耗的：她的命運急轉直下，幾乎沒有任何過渡就從雲端跌入塵埃；在她淪為廚娘的出氣筒、明欽小姐發洩淫威的對象的同時，另一條情節線竟在明欽優等女子學校的隔壁展開——搜尋失蹤的莎拉·克魯的工作一直在漫無頭緒中進行，讓人直為「命運弄人」唏噓不已。莎拉與父親的朋友的重逢也頗具感人的魔力——牽線人竟是一隻來自印度的猴子，讀到此處，所有的小讀者都會恍然大悟：原來作者沒有浪費一點筆墨，故事中出現的旁枝斜出的小情節，看似與故事的主幹沒有緊密的關聯，其實都為故事的延宕埋下了深深的伏筆……

其次，人物形象的典型性也為《小公主》這本書增色不少，主角莎拉·克魯內心的敏感與堅強，她的充滿幻想氣質的心靈魔法固然十分動人，作為莎拉·克魯對立面的明欽小姐的形象，塑造得也十分成功，在十九世紀的英國，有一大票像明欽小姐這樣唯利是圖、精明世故，表面上又十分莊重有教養的學校管理者，一心把學生塑造成馴服呆板的淑女的老小姐校長。作者柏納特牢牢地抓住其翻臉不認人、虛張聲勢、乖僻冷酷的行為本質，以一系列的對話和細節講述了其與「小公主」莎拉的正面衝突，這已不僅僅是一顆麻木冷漠的心與一顆鮮活靈動的心之間的衝突，甚至也代表了屈從於現實的麻木功利的成人世界，與爛漫童心的衝突。

第三，小說在洞察兒童心理方面堪稱高手。作品借主人公莎拉之口，展現了作者豐富的想像力，使場景在冷酷簡陋的現實空間與豐饒溫暖的想像空間之間自由切換：在莎拉的想像中，洋娃娃艾蜜莉可以跑跳、做遊戲和閱讀，只是在主人進門的一剎那才逃回椅子上端坐；用包裝紙剪出的紙花能夠化身為皇家宴會的鮮花；老鼠米奇塞德克不但通人性，還是一家之主等，這些感人至深的想像不但使整個故事的脈絡更清晰豐滿，使莎拉的形象更為真實可信——她不但要以高貴的品性來抵禦現實的霜雪，也要以幻想來烘暖被現實的泥濘弄潮了的心；她不是一開始就堅強，她是在無數次「假裝堅強」中拼起了自己破碎的心，柏納特女士以優美細膩的文筆，把「成長的內心秘密」與「伴隨內心秘密的成長」這兩大主題披上了帶有「魔法」色彩的外衣。

二十世紀三〇年代，《小公主》曾經被美國導演瓦特・蘭改編為電影，共且由秀蘭・鄧波兒領銜主演，一舉奪得奧斯卡特別獎，後來這本小說又不止一次拍成電影。

希拉蕊・柯林頓說起了自己小時候的閱讀時，她說：「在我年少時，是《小公主》給了我衝出陰影的勇氣。」

作者簡介

法蘭西絲・霍森・柏納特（一八四九～一九二四），出生於英國曼徹斯特。一八五三年父親去世，母親繼續經營，直到工廠倒閉。法蘭西絲受到過中等教育。由於生活困難，全家於一八五六年移居到美國，和親戚一起住在一座圓木屋裡面。可以說，對於喪父家貧，法蘭西絲是深有體會的。一九〇五年，她正式成為美國公民，結過兩次婚，柏納特是她第一個丈夫的姓。

從十幾歲開始，法蘭西絲便撰寫短篇小說與故事，以幫助解救家庭經濟困難。一八七七年，她的長篇小說《勞莉的那個少女》初獲成功。一八八六年，她的兒童小說《小公爵方特洛》（即《小公子》）出版，名噪一時，成為該年度美國三大暢銷書之一，從此躋身暢銷書作家。一生中著有五十部小說與故事集，以及七本劇作。代表作有《秘密花園》、《小公主》、《勞莉的那個少女》、《小公子》等等。

目錄

第一章・莎拉

那是個陰暗的冬日，濃重的黃色迷霧籠罩著倫敦的街道，家家戶戶點起燈火，店舖櫥窗裡像晚上一樣，煤氣燈照得十分亮堂。一個容貌奇特的小女孩跟她父親坐在馬車裡，馬車在大街上緩緩行駛著。

她把雙腳蜷縮起來，斜倚在父親身上，父親把她摟在懷裡。她從馬車窗口呆呆地望著過路行人，一雙大眼睛裡流露出一種大人模樣的、心事重重的古怪神情。

女孩的年齡很小，她那張小臉上會有這種神情，人們是意想不到的。即便是個十二歲的孩子，這種神情也顯得很老氣，又何況她——莎拉・克魯——還只有七歲哩！然而，事實上她老是在夢想和思考古怪的東西，她自己也記不得，有過什麼時候她不在思考大人和他們的那個世界。她覺得她似乎已經生活了很長的歲月。

此時，她正在回憶她和父親克魯上尉剛剛結束的、從孟買啟程的航行。她在想那艘大船，那些船上忙忙碌碌、沉默不語的印度水手，那些在燙腳的甲板上玩耍的孩子，以及那些年輕軍官的太太們。她們總是愛逗她說話，她一說話又總是惹得她們哈哈大笑。

有一件事情在她的腦子裡佔據了主要的位置，她覺得非常奇怪：一會兒她在烈日炎炎的印度，一會兒來到一望無際的海上，一會兒又來到一個白天跟夜晚一樣黑暗的地方，坐著陌生的馬車穿過陌生的街道。這件事情使她非常困惑不解，她不由得往父親身上靠得更緊些。

「爸爸，」她用神秘兮兮的小嗓子低聲說，幾乎要湊近耳朵才聽得見，「爸爸。」

「什麼事兒啊，親愛的？」克魯上尉答應著，把她摟得更緊些，一邊望著她的小臉。「莎拉在想什麼呀？」

「這就是那個地方嗎？」莎拉悄悄說，往父親身上再貼緊一點。「是不是，爸爸？」

「是的，小莎拉，這就是那個地方。我們終於到這兒啦！」雖然她只有七歲，可是她知道父親的說話裡透著悲哀。

她感到，自從父親開始幫她對「那個地方」——她一直這麼稱呼它——作好心理準備以來，好像已經有好幾年了。她出生時母親已經去世，所以她從來不瞭解，也從來不想念她的母親。她那年輕、英俊、富有、寵愛她的父親，似乎是她在這個世界上的唯一親人。他倆一直在一起玩，一直非常鍾愛對方。她只知道他富有，因為她聽見人們這麼說過，他們以為她不在注意聽；她還聽見人們說，她長大以後也會變得富有。但她並不明白富有的全部含意。她一直居住在一座漂亮的孟加拉式平房裡，習慣於看見許多僕人向她低頭行禮，稱她為「尊敬的小姐」，並且讓她在一切事情上隨心所欲。她有許多玩具、玩賞動物以及一個崇拜她的保姆，她逐漸瞭解到，富有的人就能擁有這些東西。不過，她所知道的也就是這些。

在她短短的生涯中，只有一樣東西使她煩惱。這樣東西，就是某一天將把她送去的「那個地方」。印度的氣候對於孩子很不適宜，人們盡早把他們送走，通常是送到英國去上學。她曾經看見過其他孩子離開，並且聽見過他們的父母親談論孩子們的來信。她知道她也必須離開。雖然有時候她父親講述的這次航行，以及這個新國家的故事，對她很有吸引力，但是一想到父親不能和她待在一起，就讓她感到心煩意亂。

「你能和我一起去那個地方嗎，爸爸？」她五歲時曾提過這樣的問題。「你不能同去上學嗎？我會幫助你做功課的。」

「你不會在那裡待很長時間的，小莎拉，」父親總是這麼說。「你會住在一座可愛的房子裡，那裡有好些個小姑娘，你們可以一起玩，我會給你寄去許多書，你會快快成長，要不了一年工夫，你就會長大成人，變得聰明伶俐，可以回來照顧你的爸爸囉！」

她喜歡遐想將來的那些事情。替她父親照管家務啦；和他一起騎馬啦；他舉行宴會時她坐在餐桌的上首做主人啦；跟他聊天，閱讀他的書本啦——所有這些，正是她在這個世界上最喜歡的

東西。如果說，誰要想得到這些東西，就必須前往英國的「那個地方」，她就必然會下定決心到那裡去。她對別的小姑娘倒不大在乎，可是如果她有許許多多的書，那就可以聊以自慰了。她喜歡書超過其他一切，事實上，她常常編造一些關於美好事物的故事，並且自我欣賞一番。有時候，她把編出來的故事講給父親聽，父親跟她一樣，也非常喜歡這些故事。

「那麼，爸爸，」她輕輕地說，「既然到了這個地方，我看我們只好心甘情願了。」

聽見她大人氣十足的話，父親禁不住笑了起來。他吻了女兒一下。實際上他自己根本不心甘情願，雖然他知道，他必須把這件事保持秘密。他那奇特的小莎拉一直是他的小心肝。他感到，當他回到印度，走進孟加拉式平房，心裡知道不用指望那個身穿白外套的小姑娘出來迎接他的時候，他就將成為一個孤單的人。因此，當馬車駛入一個寬闊的、陰沉沉的廣場，抵達那座房屋——他們的目的地時，他把她緊緊摟在懷裡。

這是一座高大、陰暗的磚屋，和那一排其他的破屋外表一模一樣，不過在它的大門上釘著一塊銅牌，上面鐫刻著黑色的字母：

明欽小姐
優等女子學校

「我們到了，莎拉！」克魯上尉說，盡量讓自己的語調顯得很高興。然後他把她抱下車，兩人走上台階，按響了門鈴。後來莎拉常常會想，這座房屋恰恰跟明欽小姐本人一樣。它很體面，並且裝飾精美，可是裡面每一樣東西都是醜陋的；就連那些扶手椅都彷彿包著堅硬的骨頭。門廳裡的每一樣東西都是堅硬而擦得明亮——就連角落裡的那座落地鐘，圓形鐘面的紅邊也閃耀著刺眼的光澤。他們被引入一間會客室，地上舖著帶有一個四方形圖案的地毯，椅子是方方正正的，沉重的大理石壁爐架上，放著一座沉重的大理石時鐘。

莎拉在一把硬邦邦的桃花心木椅子上坐下來，飛快地向四周掃視一眼。

「我不喜歡這兒，爸爸，」她說。「可是我敢說，戰士們——即使是勇敢的戰士們——也並不喜歡進行戰鬥。」

克魯上尉放聲大笑起來。他年輕、風趣，聽莎拉說古怪的話從不感到厭倦。

「哎，小莎拉，」他說。「要是沒有一個人給我說些一本正經的話，那我該怎麼辦？再也沒有人像你那樣一本正經了。」

「可是為什麼一本正經的話讓你哈哈大笑呢？」莎拉問。

「因為你說這些話的時候太有趣了！」他回答，一邊笑得更厲害了。接著，他突然一把抱住她，拚命地吻她，他突然一點也不笑了，看上去好像眼睛裡含著淚水。

正當此時明欽小姐走進房來。莎拉覺得她很像她的房屋，高大而陰沉，體面而醜陋。她那雙大眼睛是冷冰冰的，毫無表情的，微笑起來嘴咧得很開，也是冷冰冰而毫無表情的。當她看見莎拉和克魯上尉時，她的嘴更是咧得特別開了。有位太太曾把她的學校推薦給了上尉，從那位太太口裡，她瞭解到有關上尉的許許多多令人嚮往的情況。其中有一點就是，她聽說他是一個富有的父親，並且願意在他年幼的女兒身上花費大量金錢。

「能夠照管這樣一個又漂亮又有遠大前程的孩子，敝校真是莫大榮幸，克魯上尉，」她說，握住莎拉的手撫摸著。「梅雷迪思太太給我講過，她是個絕頂聰明的孩子。在我們這樣的學校裡，一個聰明的孩子是一個不可多得的寶貝呵！」

莎莎拉默默地站著，眼睛盯住明欽小姐的臉。

像往常一樣，她腦子裡出現了古怪的想法。

「為什麼她說我是個漂亮的孩子？」她心裡想。「我一點也不漂亮。格蘭奇上校的小女兒伊莎貝爾才漂亮呢！她有兩個酒渦、玫瑰紅的臉頰和長長的金髮。而我呢？頭髮是黑色的，眼睛是綠色的，此外，我是瘦巴巴地，根本算不上漂亮。我是我看見過的最醜的孩子之一。她一開始就在說假話。」

不過，她認為她自己是個醜孩子，這卻是錯了。雖然她一點也不像整個團隊裡的小美人伊莎貝爾・格蘭奇，但她有一種獨特的魅力。她的體態苗條輕盈，相對年齡而言個子相當高，她的面容熱情真摯，討人喜歡。她烏黑的頭髮又粗又密，只有髮梢尖端帶點鬈曲；不錯，她的眼睛是綠灰色的，但是很大、很有神，上下都長著長長的、黑色的眼睫毛，儘管她自己不喜歡她頭髮和眼睛的顏色，但是許多人卻很喜歡。不過，她還是堅決認為，自己是個醜姑娘，明欽小姐對她的誇獎絲毫沒有使她感到得意洋洋。

「要是我說她很美，那我就是在撒謊，」她心裡想，「我應當知道自己是在撒謊。我認為我和她一樣醜——我有我的醜處。為什麼她要那樣說呢？」

她與明欽小姐相識時間較長以後，就懂得她為什麼要那樣說了。後來她發現，明欽小姐見到每一個送孩子到她學校來的父母親，都是這樣說的。

父親和明欽小姐交談時，莎拉就站在父親身旁聆聽著。她之所以被送到這所女校來，是因為梅雷迪恩太太的兩個小女孩，都在這所學校受過教育，同時克魯上尉也非常尊重梅雷迪思太太的寶貴經驗。莎拉將成為一名「特別住宿生」，而且她享受的權利，要比特別住宿生通常享有的更大。她將有獨用的漂亮臥室和起居室；她將有一匹小馬和馬車，再有一個女佣，來接替在印度照料她的保姆。

「我對她的教育問題一點也不擔心，」克魯上尉說，一邊開心地笑著，一邊拿起莎拉的手，輕輕地拍著。「困難之處在於，怎樣讓她別學得太快、太多。她總是坐在那裡，把鼻子埋進書本中間。她不是在看書，明欽小姐；她好像是頭小狼，不是個小姑娘，把書一本一本地吞吃下去。她總是渴求新的書供她吞吃，她要大人的書——著名的、大部頭、厚厚的書——法語的、德語的和英語的——歷史、傳記和詩歌，以及各種各類的書。她要是書看得太多，您就把她拉開去。讓她到街上去騎騎小馬，或者到店裡去買一個新玩具娃娃。她應該多玩玩那些娃娃。」

「爸爸，」莎拉說，「你知道，要是我隔不了幾天就出去買一個新娃娃，娃娃就會太多了，我都不知道喜歡哪一個好了。娃娃應該是親密的朋友。艾蜜莉就要成為我的親密朋友。」

克魯上尉看看明欽小姐，明欽小姐也看看克魯上尉。

「艾蜜莉是誰呀？」她問。

「說給她聽，莎拉。」克魯上尉微笑著說。

莎拉回答時，她的綠灰色眼睛顯得很嚴肅，很柔和。

「她是個我還沒得到的娃娃，」她說。「她是爸爸就要給我買的一個娃娃。我們要一起出去尋找她。我已把她的名字叫做艾蜜莉了。爸爸走了以後，她就會做我的朋友。我要對她講講爸爸的事情。」

明欽小姐把嘴咧開、毫無表情地微笑著，臉上簡直堆滿了討好奉承。

「這孩子的獨創性多麼強啊！」她說。「多麼可愛的小東西！」

「是啊，」克魯上尉說，緊緊摟住了莎拉。「她是一個可愛的小東西。您為我好好照管她吧，明欽小姐。」

莎拉和她父親一起在他的旅館裡待了幾天；事實上，她一直待在父親身邊，直到他啟程去印度為止。他們一起出去跑了許多家商店，買了許許多多東西。他們買的東西確實大大超過莎拉的需要；但是克魯上尉是一個年輕人，既不會深思熟慮，又沒有生活經驗，女兒愛慕的每一樣東西，以及他自己愛慕的每一樣東西，他都要讓女兒得到。結果這也要，那也要，他們採購的全套服裝，對於一個七歲的孩子來說，真是太華貴富麗了。有鑲著昂貴毛皮的天鵝絨裙子；有花邊裙、繡花裙；還有插著巨大柔軟的鴕鳥毛的帽子，白鼬皮的外套和手筒，好幾盒小手套，她的手帕和長統絲襪數量是如此之多，以致櫃台後面彬彬有禮的年輕女店員都在竊竊私語，說這個長著嚴肅的大眼睛的奇特小姑娘，一定至少是某一位外國公主——也許是一位印度王公的小女兒。

最後他們找到了艾蜜莉。他們跑了許多家玩具店，看過許多娃娃，最後才發現了她。

「我要她讓人看著不像一個真的玩具娃娃，」莎拉說。「我要她在我跟她講話的時候，好像在聽我講。玩具娃娃的問題是，爸爸」——她說這句話的時候把頭側過去思考一下——「娃娃的問題是，她們好像從來聽不見別人說話。」就這樣，他們看了大娃娃和小娃娃、黑眼睛娃娃和藍眼睛娃娃、褐色鬈髮娃娃和金髮辮娃娃、穿衣服的娃娃和不穿衣服的娃娃。

「你看，」莎拉說，此時他們正在仔細觀看一個不穿衣服的娃娃。「如果我找到她的時候她沒穿連衣裙，我們就可以把她送到一家裁縫鋪，給她定做合身的衣服。衣服經她試穿過了會更加合身的。」

他們看了幾家店鋪沒有成功，於是決定下車步行瀏覽櫥窗，讓馬車跟隨在身後。他們經過

兩、三家店鋪，連店門都沒跨進去。最後，當他們走過一家不很大的商店時，莎拉突然跳起來抓住父親的胳臂。

「啊，爸爸！」她大聲呼喊。「艾蜜莉就在那兒！」

她的臉頰升起了紅暈，她那綠灰色的眼睛顯示出一種表情，就像是她剛剛認出了一個她很親昵、很鍾愛的人。

「她真的在等我們呢！」她說。「我們進去找她去。」

「天哪！」克魯上尉說。「我覺得，似乎應該找個人給我們介紹一下。」

「你可以介紹我，我可以介紹你，」莎拉說。「但是我剛才一看見她就認識她了——所以也許她也認識我。」

也許這個娃娃真的認識莎拉。當莎拉把她抱起來的時候，她的眼睛裡流露出很有靈性的表情。她是一個大娃娃，但仍舊可以很容易地抱來抱去。她有金光閃閃的褐色鬈髮，像披風一樣蓋在身上，眼睛是深沉清澈的灰藍色，帶有柔軟濃密的眼睫毛，而且不是描畫出來的線條，而是真的眼睫毛。

「錯不了，」莎拉說，一邊把娃娃放在膝蓋上，一邊注視著她的眼睛——「錯不了，爸爸，這就是艾蜜莉。」

就這樣，他們買下了艾蜜莉，真的帶她到一家兒童服裝店去，定做了全套服裝，跟莎拉自己的衣服一樣華貴富麗。她也有花邊連衣裙、天鵝絨裙和薄紗裙，有帽子和漂亮的鑲花邊內衣，還有手套、手帕和皮衣。

「我想要她成為這樣一個孩子，她永遠看上去有個好媽媽，」莎拉說。「我就是她的媽媽，不過，我打算讓她成為我的伴侶。」

要不是一個悲哀的念頭一直揪住克魯上尉的心，他跟女兒一起逛商店，原本會享受到極大的樂趣。歸根到底，他和他那可愛、奇特的小伙伴，馬上就要被拆開了。

當天夜深人靜的時分。

他下了床，走到莎拉床前，深情地望著她，她正抱著艾蜜莉熟睡著。她的滿頭黑髮散開在枕頭上，艾蜜莉的金褐色頭髮和她的黑髮混合在一起；兩個人都穿著鑲花邊的睡袍，兩個人都有長長的眼睫毛，彎彎的貼在臉頰上。艾蜜莉看起來非常像一個真的孩子，因此有她在莎拉身旁，克魯上尉覺得很高興。他重重嘆了口氣，像個大孩子一樣扯扯自己的八字鬍鬚。

「嗨，小莎拉！」他心中暗想。「我看，你不知道你的爸爸會多麼想念你呵！」

第二天，他把莎拉送到明欽小姐的學校裡，把她留在那裡。下一天早晨，他就要出海遠行。他向明欽小姐說明，他的律師巴羅先生和斯基普威思先生會處理他在英國的事務，會向她提供她需要的任何意見，並且會支付她送去的莎拉的開支帳單。他會一星期給莎拉寫兩次信，她所要求的每一樣樂趣都應該給予滿足。

「她是一個懂事的小東西，凡是她要的東西，交給她總是妥當的。」他說。

隨後，他和莎拉一起到她的小起居室去，互相鄭重道別。莎拉坐在他的膝蓋上，小手拉住他上衣的翻領，長久地、牢牢地盯住他的臉。

「你在把我的模樣記下來嗎，小莎拉？」他撫摸著她的頭髮問。

「不，」她回答。「我的心裡裝著你的模樣。你就在我的心裡。」他倆擁抱在一起，熱烈相吻，似乎永遠不會放對方走。

當馬車離開學校大門轔轔駛去時，莎拉正坐在起居室的地板上，一雙小手托住了下巴，目光送著馬車，一直到它轉過廣場的拐角。艾蜜莉坐在她身旁，也看著馬車離開。接著，明欽小姐派她的妹妹阿米莉亞小姐去看看莎拉在做什麼，她發現她沒法打開莎拉的房門。

「我把房門鎖上了，」門裡邊一個奇特、有禮貌的孩子聲音說。「對不起，我要一個人待一會兒。」

阿米莉亞小姐長得又矮又胖，非常怕她的姊姊。說實話，在她們兩個人當中，她的脾氣比較好。可是她從來不敢違背她姊姊的意志。她回到樓下，顯得有點驚慌失措。

「我從來沒看見過這樣一個古怪老氣的孩子，姊姊，」她說。「她把自己鎖在房間裡，不吵不鬧一點兒聲音都沒有。」

「她不像有些孩子那樣雙腳亂蹬，大叫大喊，這樣可就好得多囉！」明欽小姐回答。「我原先估計，像她這樣一個嬌生慣養的孩子，會把整座房子鬧個天翻地覆的。如果說有哪個孩子，每件事情都自己拿主意，那就是她了。」

「我剛才打開她的箱子，整理她的東西，」阿米莉亞小姐說。「我從來沒見過那樣的東西——她的上衣鑲著黑貂皮和白鼬皮，內衣上飾著真正的瓦朗西安花邊。你看見過她的幾件衣服了。你覺得怎麼樣？」

「我認為那些衣服是十足荒唐的，」明欽小姐尖刻地回答，「但是我們星期天領孩子們上教堂去做禮拜，那些衣服走在隊伍前頭倒是很有氣派的。她享有的物質條件好像一個小公主。」

在樓上，在那個鎖上門的房間裡，莎拉和艾蜜莉坐在地板上，呆呆地望著廣場的角落，剛才馬車就在那裡消失；與此同時，克魯上尉回頭瞭望，他把手揮了又揮，吻了又吻，好像不忍心把它放下來。

第二章・一堂法語課

第二天早晨，當莎拉走進教室時，每一個學生都張大眼睛很感興趣地望著她。到這個時候，從拉維妮亞・赫伯特（她快滿十三歲，感覺自己已經很大了）一直到洛蒂・雷（她只有四歲，是全校最小的小妹妹），每一個學生都已經聽說了關於她的許多事情。她們有一點非常肯定，就是明欽小姐拿這個學生來裝門面的，同時把她看作是為學校增了光。有一、兩個學生甚至還見過一眼她的法國女佣瑪麗葉，她是前一個晚上剛到的。拉維妮亞設法在莎拉房門開著的時候從門口經過，她看見瑪麗葉正在打開一個剛從商店送來的盒子。

「裡面裝滿了鑲著網眼荷葉邊的襯裙——鑲滿了荷葉邊，」她一邊低頭看著地理書，一邊悄悄地告訴她的朋友潔西。「我看見她把衣服抖開。我聽見明欽小姐對阿米莉亞小姐說，她的衣服太華貴了，對一個孩子來說是荒唐的。我的媽媽說，小孩子應該穿得樸素一點。她現在穿的就是其中的一件襯裙。她坐下的時候我看見的。」

「她還穿著長統絲襪！」潔西悄悄說，她也低頭看著地理書。「她的腳多麼小呵！我從來沒見過這麼小的腳！」

「啊，」拉維尼婭惡意而輕蔑地說，「這是她鞋子做出來的樣子。我媽媽說，只要你的鞋匠手藝好，大腳看起來也可以顯得很小。我覺得她一點也不好看。她的眼睛的顏色顯得那麼奇怪。」

「她不像別的漂亮的人們那樣漂亮，」潔西說，偷偷掃視了一下教室，「可是她讓你還想要看她。她的眼睫毛長得出奇，可是她的眼睛幾乎是綠色的。」

莎拉安靜地坐在自己的位子上，等候明欽小姐的安置。她的座位很靠近明欽小姐的講台。許多雙眼睛打量著她，並未使她感到羞怯。相反的，倒引起了她的興趣，她便回過頭去，沉靜地看著那些在打量她的孩子們。她不知道她們正在想些什麼，她們是否喜歡明欽小姐，她們是否關心她們的功課，以及是否其中哪一個孩子，竟然也有一個像她一樣的爸爸。當天早晨，她跟艾蜜莉談論爸爸很長時間。

「現在他在海上了，艾蜜莉，」她說。「我們兩個人要做知心朋友，有事情要互相傾訴。艾蜜莉，看著我。我從來沒有看見過你這樣美麗的眼睛，可是但願你能說話才好。」

她的腦子裡充滿著各種幻想和離奇的念頭，其中一個幻想是，假裝把艾蜜莉當作是有生命的，能夠真的聽見她說話和理解她，這樣，她就會得到很大的安慰。瑪麗葉伺候她穿上了深藍色的校服，並在她頭髮上繫好一根深藍色緞帶以後，她走到坐在自己椅子上的艾蜜莉跟前，遞給她一本書。

「我在樓下的時候你可以看這本書。」她說。她看見瑪麗葉好奇地望著她，小臉上就顯出了嚴肅的神情。

「我相信，」她說，「玩具娃娃能夠做各種事情，但是她們不願意讓我們知道。也許艾蜜莉真的會看書，會說話，會走路，但是，只有在房間裡沒有人的時候，她才肯做。這是她的秘密。你知道，如果人們知道娃娃會做事，他們就會讓娃娃幹活。所以啊，也許她們彼此約好把這一點保持秘密。如果我們在房間裡，艾蜜莉就瞪著眼睛坐在那裡；但是只要我們一走，也許她就會開始看書，或者走過去望著窗外。然後，如果她聽見我們中間有一個人來了，她就會跑回去跳到自己的椅子上，裝作她一直坐在那裡沒動。」

「她好像有點古怪！」瑪麗葉心裡想，她下樓以後便把這些話告訴女僕領班。不過，她已經開始喜歡上這個古怪的小姑娘了，她的小臉是如此聰慧，舉止是如此有禮。以前她照管過的一些孩子，都比不上莎拉有禮貌。莎拉是一個很有教養的孩子，她以一種優雅的、表示讚賞的方式說：「對不起，瑪麗葉。」「謝謝你，瑪麗葉。」她說話的態度真是可愛。瑪麗葉告訴女僕領班，莎拉感謝她的樣子好像是在感謝一位淑女。

「這個小姑娘的氣派像公主。」她說。說真的，她非常滿意她的新的小主人，並且非常喜歡她的工作。

莎拉在座位上坐了不多幾分鐘，學生們都一直在打量她，接著，明欽小姐莊嚴地敲了敲講台。

「年輕的女士們，」她說，「我想把你們介紹給你們的新夥伴。」全體小姑娘都從座位上站起來，莎拉也站了起來。「我期望，你們大家對待她都要和藹可親；她剛剛從一個遙遠的地方來到我們這裡——具體說，是從印度來。下課以後你們可以互相認識一下。」

全體學生禮節性地鞠躬歡迎，莎

拉也向她們還禮，然後她們又全都坐下來互相打量對方。

「莎拉，」明欽小姐以正式授課的語氣說，「到我這裡來。」

她一邊從講台上拿起了一本書，翻過了幾頁。莎拉有禮貌地走到她跟前。

「因為你爸爸給你雇了一個法國女僕，」她開始說，「所以，我斷定他想要你特別注意學習法語。」

莎拉感覺有一點兒尷尬。

「我想他雇她是因為，」她說，「因為他認為我會喜歡她，明欽小姐。」

「我恐怕，」明欽小姐帶著有幾分尖酸刻薄的微笑說，「你這個小姑娘已經被寵壞了，你總是想像，做什麼事情都是因為你喜歡。我的印象是你爸爸要你學習法語。」

要是莎拉再大幾歲，或者不是過分拘泥於對別人有禮貌，她原本三言兩語，就可以把自己的意思講清楚。但是實際上呢，她感到自己的雙頰升起了紅暈。明欽小姐生性嚴厲而愛擺威風，她似乎絕對肯定莎拉一點也不懂法語，因此她感到，莎拉糾正她的話，簡直是一個粗魯無禮的舉動。事實上呢，莎拉記不起有過什麼時候她不懂法語。她父親自從她牙牙學語開始，就常對她講法語。她母親是法國人，克魯上尉熱愛她的語言，因此莎拉一直聽到法語，對法語非常熟悉。

「我——我從來沒有真正學過法語，可是——可是——」她啟口說，羞怯地想作一番解釋。

明欽小姐秘藏心底的最大煩惱之一，就是她自己不會講法語，她竭力想掩蓋這個觸動她神經的事實。因此，她無意繼續討論這個問題，讓自己受到一個年幼的新學生的天真盤問。

「這就夠了，」她有禮貌的語氣中帶著挖苦。「如果你未曾學過，就得立刻開始學。法語老師迪法傑先生一會兒就要來。把這本書拿去看著，直到老師來了為止。」

莎拉的臉微微發熱。她回到自己的座位上把書打開。她嚴肅認真地看著第一頁。她知道微笑會意味著粗魯無禮，她決意不做那樣的舉動。可是有人要她學習一頁書，書上告訴她「*le pére*」的意思是「父親」，「*la mére*」的意思是「母親」，這樣的事情的確叫她莫名其妙。

明欽小姐仔細地審視著她。

「你看上去很不高興，莎拉，」她說。「我感到遺憾，你會不喜歡學習法語這個想法。」

「我非常喜愛這個想法，」莎拉回答，她想要再次設法解釋一下；「可是——」

「以後，我吩咐你去做一些事情的時候，你不可以說『可是』，」明欽小姐說。「接著看你的書吧。」

於是，莎拉繼續看書，即使當她看到「*le fils*」的意思是「兒子」，「*le frére*」的意思是「兄弟」時，也一點都不笑了。

「等到迪法傑先生來了，」她想，「我能夠讓他理解我。」

不久，迪法傑先生就到了。他是一個十分和藹可親的、聰明的中年法國人，莎拉正在很有禮貌地試圖作出專心攻讀那本法語常用詞手冊的樣子，他看見了顯得很感興趣。

「她是我的新學生嗎，夫人？」他問明欽小姐，「我希望她給我帶來好運。」

「她的爸爸克魯上尉迫切要求她開始學習法語。但是我恐怕，她對法語抱有孩子氣的偏見。她看上去不大想學。」明欽小姐說。

「我對此感到遺憾，小姐！」他和藹地對莎拉說。「也許當我們開始一起學習的時候，我有可能向你表明，法語是一種可愛的語言。」

小莎拉站起身來。她開始感到相當絕望，彷彿蒙受了恥辱一樣。她以自己綠灰色的大眼睛正面仰視迪法傑先生的臉，她那天真無邪的目光很能打動人的心弦。她知道，只要她一開口說話，他就會理解的。她開始用美妙流利的法語簡略地說明情況。明欽小姐並未瞭解這一點。確切地說，莎拉沒有學過法語──沒有從書本上學過──可是她的爸爸和其他一些人一直對她講法語，她讀法語寫法語就和讀英語寫英語一樣自然。她的爸爸愛法語，因為爸爸愛它，所以莎拉也愛法語。她出生時已去世的親愛的媽媽是法國人。老師教她的任何內容，她都樂於學習，但是她想跟明欽小姐說明的一點是，這本書裡的內容她已經全懂了，說著，她把那本小小的常用詞手冊遞了過去。

當她開始講話時，明欽小姐大吃一驚，她坐在那裡，目光從眼鏡片上面瞪著莎拉，一副非常氣憤的神情，直到莎拉把話講完。這時迪法傑先生微笑起來，顯示出他極為愉快的心情。聽到這樣一個悅耳、稚氣的嗓音，以這樣質樸無華、娓娓動聽的方式，講著他的本國語言，使他感覺似乎回到了故土——在倫敦的陰暗多霧的日子裡，那個地方好像非常遙遠。

莎拉講完以後，他親切溫柔地接過了那本小書，然後掉轉頭來對明欽小姐說。

「啊，夫人，」他說，「我沒有多少東西可以教她了。她是不曾學過法語；但她是法國人。她的語音十分標準。」

「你應該早就告訴我！」明欽小姐高喊道，她由於感到委屈而斥責莎拉。

「我——我曾試圖解釋，」莎拉說。「我——我想是我剛才說得不清楚。」

明欽小姐心裡明白，莎拉曾經試圖解釋，她沒有得到准許作解釋，這並非她的過錯。當明欽小姐看見全體學生都在聽她們講話，拉維妮亞和潔西躲在法語語法書後面格格發笑時，她的怒火直冒頭頂。

「靜一靜，女士們！」她嚴厲地說，一邊敲著講台。「馬上靜下來！」

從這一刻起，她對這個裝門面的學生，就結下了很大的怨氣。

第三章・亞門加德

在那第一個早晨，當莎拉坐在明欽小姐旁邊，意識到整個教室的學生都在仔細觀察她的時候，她很快就注意到一個小姑娘，和她的年紀相仿，用一雙遲鈍的淺藍色眼睛緊緊盯住她看。那是一個胖姑娘，相貌一點也沒有聰明的樣子，只有她那張噘起的嘴，倒顯示出敦厚的本性。她的淡黃色頭髮梳成一條緊緊的瓣子，繫著一根緞帶，她把瓣子拉到前面，牙齒咬著緞帶的頭，兩個胳臂肘支在書桌上，一邊帶著納悶的神情望著這個新學生。當迪法傑先生開始對莎拉講話時，她看上去有點擔心害怕；而當莎拉走上前去，以她天真無邪、動人心弦的目光望著他，一點不打招呼就用法語回答時，這個胖姑娘吃驚地跳了起來，臉脹得通紅，心裡感到萬分敬佩！她只會講日常英語，一連幾個星期，她努力想記住「*la mére*」的意思是「母親」，「*le pére*」的意思是「父親」，但結果只是流了幾個星期失望的眼淚。此刻，她突然聽見一個跟自己年齡相仿的孩子講著法語，她看來不僅對這些單詞非常熟悉，而且還懂得許多別的單詞，並且能夠毫不費力地用動詞把這些單詞組合起來，對她說來，這實在是太偉大了。

她看得那麼起勁，把那根辮子上的緞帶咬得那麼快，以致招引了明欽小姐的注意。她正好滿肚子不高興，頓時就衝著胖姑娘大發雷霆。

「聖約翰小姐！」她厲聲高喊。「你這種行為是什麼意思？把胳臂放下去！把緞帶從嘴裡拿出來！馬上把身體坐直！」

聽見明欽小姐的斥責，嚇得聖約翰又跳了起來。這時，拉維妮亞和潔西在吃吃暗笑，使她的臉比剛才更紅，紅得使她那可憐、遲鈍的孩子氣眼睛裡滿含著淚水。莎拉看見這番情景，替她感到十分難過，並且因此對她產生很大好感，想跟她交朋友。她的為人原則，凡是有人陷入困境而感到不舒服或是不愉快，她總是樂於挺身而出助上一臂之力。

「如果莎拉是個男孩子，早幾百年來到人世間，」她的父親常說，「她就會手執寶劍周遊四方，保護和援救每一個受苦受難的人。每當她看見有人遭遇不幸，總是願意為之戰鬥。」

因此她就喜歡上年幼的、肥胖遲鈍的聖約翰小姐，整個早晨不斷朝她掃視。莎拉看得出來，那些功課對她來說不是容易的事，她也沒有那種可能性，會被當作一個裝門面的學生而得到寵愛。她上法語課是乏味的。她的發音使得迪法傑先生也情不自禁地微笑起來，拉維妮亞、潔西以及一些更幸運的女孩，有的格格傻笑，有的向她投去不理解的鄙視目光。可是莎拉不笑。當聖約翰小姐「*le bon poin*」（好的麵包）唸做「*lee bong pang*」的時候，她盡量做出沒有聽見的樣子。

她自己也有小小的敏感的急躁脾氣，當她聽見那些吃吃暗笑聲，看見那個愚笨、不幸的孩子可憐巴巴的樣子時，就感到忿忿不平。

「說真的，這沒什麼可笑，」她從牙縫裡迸出一句，一邊低頭看著書。「他們不應該笑她。」

下課以後，學生們三三兩兩結伴講話，莎拉就去找聖約翰小姐。莎拉發現她悶悶不樂地坐在一個窗座上，就走過去跟她說話。她只說說那些小姑娘在結識新朋友時經常講的話，但是莎拉的態度十分親切友好，人們經常會感覺到這一點。

「你叫什麼名字？」她說。

要說明聖約翰小姐為什麼大為驚奇，我們必須記住，一般說來，一個新學生在短時期內還是來歷不明的；而這個新學生呢，頭一天晚上全校學生就在談論她，大家情緒激動，議論紛紛，一直到把自己搞得精疲力盡，進入夢鄉為止。這個新學生有馬車、小馬和女僕，有一次從印度啟程的航行可以講述，她可不是一個平常的朋友呵。

「我的名字叫亞門加德・聖約翰。」她回答。

「我叫莎拉・克魯，」莎拉說。「你的名字很美。它聽上去像故事書裡的人物。」

「你喜歡它嗎？」亞門加德有點激動。「我——我喜歡你的名字。」

聖約翰小姐在生活中的主要麻煩是，她有一個聰明的父親。有時候，這一點對於她似乎是可怕的災難。如果你的父親無所不知，會講七、八種語言，擁有數以千計的書並熟知其中的內容，他往往會期望你至少熟悉你學習的功課，他很可能認為，你應該記得歷史上的一些重大事件，並且做好每一個法語練習。亞門加德對於聖約翰先生是一個嚴峻的考驗。他沒法理解，他的一個親生孩子，怎麼會是明擺著的一個蠢材，什麼事情都做不好。「天哪！」他曾經不止一次地感嘆，一邊看著女兒，「有時候我想，她跟她的伊萊絲姑母是一樣笨！」

如果說伊萊絲姑母學會東西很慢，完全忘記一樣她已經學會的東西倒很快，亞門加德的確非常像她。她是這所女校的頭號笨蛋，這是無可否認的。

「必須強制她學習。」她的父親對明欽小姐說。

結果，亞門加德大部分的時間，都是在屈辱之中或是眼淚汪汪地度過的。她學會一些東西，又很快把它們忘記了；不然就是，她記住了一些東西，卻不理解它們。因此當她結識了莎拉以後，她就坐在那裡無限欽佩地呆望著她，這是很自然的事情囉。

「你會講法語，對嗎？」她懷著敬意問。

莎拉登上那個又大又深的窗座，她把雙腳蜷縮起來，雙手相握抱住膝蓋，坐在她身旁。

「我會講法語，是因為我生下來就一直聽見法語，」她回答。「要是你一直聽見法語，那麼你也會講的。」

「啊，不，我不會的，」亞門加德說。「我永遠不會講法語。」

「為什麼？」莎拉奇怪地問。

亞門加德搖搖頭，辮子隨著來回晃動。

「你剛才聽見我讀了，」她說。「我總是那個樣子。我不會講那些單詞。它們的發音那麼怪。」

稍停片刻以後，她說，聲音裡透著幾分敬畏：「你很聰明，對嗎？」

莎拉向窗外觀看陰暗的廣場，有幾隻麻雀在潮濕的鐵欄杆上和沾著煤煙的樹枝上跳來跳去、唧唧喳喳地叫著。她思考了一會兒。她常常聽到人們說她「聰明」，她不知道自己是否聰明，也不知道自己的聰明是從哪裡來的。

「我不知道，」她說。「我說不清楚。」接著，當她看見那張胖乎乎的圓臉上露出了憂傷的神色，就轉變了話題。

「你想看看艾蜜莉嗎？」她問。

「艾蜜莉是誰啊？」像明欽小姐一樣，亞門加德也這麼問。

「到我房間去看吧。」莎拉伸出手來說。

兩個人一起從窗座上跳下來，往樓上走去。

「是真的嗎？」她們穿過門廳時，亞門加德悄悄說——「是真的嗎？你有一個遊戲室歸你一個人使用？」

「是的，」莎拉回答。「爸爸要求明欽小姐讓我有一間，因為——嗯，因為我玩的時候我編一些故事講給自己聽，我不喜歡別人聽見。如果我知道有人在聽就編不成了。」

此時兩人已抵達通往莎拉房間的過道，亞門加德停住腳步，瞪大眼睛，幾乎屏住了呼吸。

「你會編故事啊！」她呼吸急促地說。「你編起故事來就跟講法語一樣好嗎？」

莎拉單純而驚奇地望著她。

「咦，任何人都會編故事啊，」她說。「你就從來沒有試過嗎？」

她把手搭在亞門加德的手上作為警告。「我們要很輕很輕地走到門口，」她跟亞門加德咬耳朵說，「然後我要突然把門打開；也許我們可以逮住她。」

她一半是在說笑，但是她眼睛裡閃爍著的神秘的希望迷住了亞門加德，雖然她絲毫不理解莎拉的意思，不知道她想要「逮住誰」，也不知道她為什麼要「逮住她」。但是亞門加德堅信，不論莎拉是什麼意思，這件事情一定是令人高興和激動的。因此她興奮地心懷期待，踮起腳尖跟著莎拉走完過道。兩人沒發出一點聲音，一直走到門口。然後莎拉突然轉動把手，猛地把門推開。只見房間相當整潔安靜。壁爐裡燃燒著幽幽的爐火，一個非常可愛的玩具娃娃坐在爐火邊的椅子上，好像在看一本書。

「啊，她不讓我們發現，已經回到她的椅子上了！」莎拉高喊道。「當然囉，她們總是這麼做的。她們跟閃電一樣快。」

亞門加德的目光從莎拉轉向娃娃，再從娃娃轉向莎拉。

「她能走路嗎？」她呼吸急促地問。

「能，」莎拉回答。「至少我相信她能。至少我假裝相信她能。這樣就使得這件事情變成真的一樣。你從來沒有假裝做什麼事情？」

「不，」亞門加德說。「從來沒假裝過。我——給我講講這是怎麼回事。」

她對這個古怪的新伙伴著迷如此之深，以致她實際上在盯住莎拉看，而不是看艾蜜莉——儘管艾蜜莉是她曾經看見過的最美麗動人的玩具娃娃。

「我們坐下吧，」莎拉說，「然後我來告訴你。這件事很容易做，你一開始就止不住了，你就會經常做個不停。它真叫人開心。艾蜜莉，你要聽好。這是亞門加德·聖約翰，艾蜜莉。亞門加德，這是艾蜜莉。你想抱抱她嗎？」

「喲，我可以抱嗎？」亞門加德說。「我真的可以抱她嗎？她真好看！」於是，莎拉就把艾蜜莉塞進她的懷裡。

在聖約翰小姐短短的、乏味的一生中，她做夢也沒有想到，能夠跟這個古怪的新同學一起度過這樣的美好時光，這時，她們聽見午飯鈴聲響了，只好一起下樓去。

莎拉坐在壁爐前的地毯上，給她講了許多奇怪的事情。她蜷縮著身子，綠色的眼睛光芒四射，臉頰緋紅。她講述了航海的故事、印度的故事；但是最使亞門加德著迷的，是她關於玩具娃娃的幻想，她說她們會走路、會講話，房間裡沒人的時候，會做她們想做的任何事情，她們必須對她們的魔力保持秘密，所以當人們回來的時候她們就像「閃電」一樣飛回了原處。

「我們不會這樣做，」莎拉認真地說。「你知道，這是一種魔法。」

有一次，莎拉在講述找尋艾蜜莉的故事，亞門加德看見她的臉突然變色。一團迷霧似乎籠罩了她的臉，掩蓋了她明亮的眼睛的光輝。她十分急促地吸了一口氣，發出一種古怪的、傷感的輕微聲音，然後緊閉雙唇，彷彿決意要做或者不做某件事情。亞門加德心裡想，如果她像其他小姑娘一樣，可能就會嚎啕大哭了。但是她沒哭。

「你哪兒——哪兒疼痛嗎？」亞門加德大膽地問。

「是的，」莎拉沉默了一會兒回答。「但不是我的身上疼痛。」接著她低聲補上一句，努力使嗓音保持平穩：「你愛父親，超過全世界的其他任何東西嗎？」

亞門加德被問得張口結舌。她知道，如果她說，她從來沒想到過可以熱愛父親，她要拼死拼活避免單獨跟父親在一起待上十分鐘，這樣的行為，是遠遠不符合一所優等女校的一個正派孩子的。為此，她確實非常侷促不安。

「我——我很少看到他，」她結結巴巴地說。「他總是在他書房裡看東西。」

「我愛我的父親超過我愛整個世界十倍，」莎拉說。「這就是我的痛苦。他已經離開了我。」她把頭輕輕地擱在蜷曲的膝蓋上，紋絲不動地坐了幾分鐘。

「她就要放聲大哭了！」亞門加德心裡很害怕。

可是她沒哭。她的黑色短髮在耳朵旁邊抖動著，她坐著不動。接著她仍舊沉倒了頭說：「我答應他我會忍受這一點，我要忍受下去。人一定得忍受某些東西。想想戰士們忍受的東西吧！爸爸是一個戰士。如果打起仗來，他就得忍受行軍、口渴，也許還有很深的傷口。而他從來不會吭聲——一聲也不吭。」

亞門加德只能凝視著她。但是她覺得她開始崇拜她。她是如此的神奇，如此的與眾不同。不久她就抬起頭來，帶著古怪的微笑把黑色的短髮甩到腦後。

「如果我講個不停，」她說，「給你講怎麼假裝做一些事情，我就會更容易忍受一些。事情是忘不了的，但是可以更容易忍受了。」

亞門加德不知道為什麼自己的嗓子眼哽住了，眼睛裡好像湧上了淚水。

「拉維妮亞和潔西是『知心朋友』，」她聲音嘶啞地說。「我希望我們能做『知心朋友』。你願意要我做你的朋友嗎？你是個聰明孩子，而我是全校最笨的孩子，可是我——啊，我是真的喜歡你呵！」

「你的話叫我高興，」莎拉說。「有人喜歡我使我感到欣慰。好，我們做朋友吧！你再聽我說，」——突然她的臉上露出了喜色——「我可以幫助你學習法語。」

第四章・洛蒂

如果莎拉是另一種類型的孩子，以後她在明欽小姐的優等女校裡度過的十年光陰，就不會給她帶來任何好處。她在學校裡受到的待遇，與其說是一個普通的小姑娘，倒不如說是一位貴賓。如果她是個自以為是、目空一切的孩子，那麼在如此縱容和奉承她的環境下，她的脾氣會變得壞得令人無法忍受。如果她是個懶惰的孩子，她就會學不到任何東西。明欽小姐私底下並不喜歡她，但是她老於世故，絕對不會做一件事情或者說一句話，以致可能使這樣一個求之不得的學生想要離開學校。她非常清楚，如果莎拉寫信給她爸爸，說她不舒服或者不愉快，克魯上尉就會馬上給她調換學校。

在明欽小姐看來，如果一個孩子在一個地方不斷受到稱讚，從來沒人阻止她去做她喜歡的事情，她就肯定會喜歡這個地方。因此，莎拉所做的種種事情都受到表揚：她領悟功課很快，她的行為舉止很得體，她對同學親切友好，她慷慨大方地從滿滿的小錢袋裡掏出六便士給一個乞丐；總之，她所做的每一件小事，都被看作是美德的表現，如果她沒有主見，沒有一個聰明的小腦袋，也許已經非常自滿了。但是那個聰明的小腦袋，把關於她自身和周圍環境的許多真實情況告訴了她，日子久了，她不時地對亞門加德談論這些情況。

「人們的有些事情是偶然發生的，」她常常說。「我就碰上了許多好事情。碰巧我一直喜歡功課和書本，我能記住我學習的東西。碰巧我生下來就有一個英俊聰明可愛的父親，能給我喜歡的一切東西。也許我的脾氣實在一點也不好，但是如果你得到了你所要的一切東西，大家又都對你很好，你的脾氣說什麼也非好不可呀！我不知道，」——她看上去相當嚴肅——「我怎樣才能弄清楚，我真正是個好孩子還是壞孩子？也許我是壞得透頂的，也沒有人會知道，因為我從來沒有經受過任何考驗。」

「拉維妮亞沒有受過考驗，」亞門加德呆頭呆腦地說：「可是她真是夠壞的！」

莎拉考慮著這個問題，若有所思地擦了擦小鼻子尖。

「嗯，」她最後說，「也許——也許這是因為拉維妮亞正在長身體。」

她說這樣的話是因為她心地寬厚，想起阿米莉亞小姐曾說過，拉維妮亞身體長得很快，她認為這會影響她的健康和脾氣。

事實上，拉維妮亞是懷恨在心。她對莎拉妒忌得要命。在這個新學生來校以前，她自封為學生們的頭兒。她當頭兒是因為，如果別人不聽從她的話，她便處處放刁使壞，讓別人無法忍受。

她對年紀較小的孩子稱王稱霸，而對於年紀較大可以做她伙伴的孩子，就擺出傲慢的神態。她長得挺好看，並且以前在女孩學生兩個一排列隊外出時，她的衣著一直是最華麗的。等到莎拉出現以後，她身穿天鵝絨外套和貂皮暖手筒，外加垂掛著的鴕鳥羽毛，明欽小姐就領著莎拉走在隊伍最前面了。

剛開始時這件事情使拉維妮亞十分難堪；但是漸漸的事情就很清楚，莎拉也是一個頭兒，而且並非因為她會放刁使壞，而是因為她從來不這樣做。

「莎拉・克魯身上有一個特點，」潔西的一番老實話惹火了她的「知心朋友」——「她從來一點也不自高自大，而且你知道她是可以自高自大的，拉維。我看我會禁不住有一點兒自高自大，如果我有那麼多好東西，受到這樣大吹大捧的話。家長來校時，明欽小姐總拿她來炫耀賣弄，那樣子真叫人噁心！」

「『現在讓親愛的莎拉到會客室來跟馬斯格雷夫太太談談印度，』」拉維妮亞唯妙唯肖地模仿著明欽小姐的語調。「『親愛的莎拉可以跟皮特金夫人講法語。她的語音是完美無瑕的。』不管怎麼說，她不是在我們學校學的法語。她懂得法語算不上什麼聰明。她自己說，她一點沒有學過法語，而是無意中學會的，因為她一直聽她爸爸講法語。說起她的爸爸，在印度當個軍官也沒什麼了不起。」

「嗯，」潔西慢慢說，「他打死過老虎。莎拉房間裡的那張虎皮就是他打來的。難怪她這麼喜歡它。躺在虎皮上，撫摸老虎的頭，跟它講話，當它是一隻貓。」

「她總是做些愚蠢的事情，」拉維妮亞怒氣沖沖地打斷她。「我媽媽說，她那樣假裝做什麼事情是愚蠢的。媽媽說，她長大以後會變成怪癖。」

莎拉從來不「自高自大」，這是千真萬確的。她是個友善的小傢伙，將自己的特權和物品慷慨地與別人分享。那些幼小的女孩習慣於受到十到十二歲的大女孩的蔑視，並且受到大女孩的訓斥，要他們別礙手礙腳，但卻從來沒被這個大家最羨慕的小姑娘弄哭過。她是一個有慈母心腸的小姑娘，每當有小孩子跌倒在地，擦了膝蓋，她就跑過去把她們扶起來，輕輕拍拍她們，或者從口袋裡取出一塊糖或是其他東西來安慰她們，她從來沒有嫌她們礙手礙腳，或者舉出她們的年齡，作為她們的恥辱和品德上的汙點。

「如果你是四歲，你就是四歲的樣子，」她嚴厲地對拉維妮亞說，當時拉維妮亞摑了洛蒂一個耳光，並且把她叫做「小搗蛋」；「可是明年你就五歲，再過一年就六歲。然後，」她那帶著責備的神色的大眼睛忽閃了一下，「只要再加十六歲你就二十歲了。」

「我的天！」拉維妮亞說，「你可真會算哪！」不可否認，十六加四等於二十——而二十歲這樣一個年齡，是連膽子最大的女孩也絕對不敢夢想的。

於是，幼小的女孩都崇拜莎拉。不止一次聽說，她在自己的房間裡舉行下午茶會，請的就是這些被人瞧不起的孩子。她們都玩過艾蜜莉，用過艾蜜莉自己的一套茶具，她的藍花杯子裡，能夠盛上不少放了很多糖的淡茶。以前沒有一個孩子看見過真正的玩具娃娃的茶具。從那個下午以後，莎拉就被整個初級班看作是一位女神和皇后。

洛蒂・雷崇拜莎拉崇拜得如痴如狂，如果莎拉不懷有慈母心腸，她簡直會討厭洛蒂了。洛蒂是她的不負責任爸爸送進學校的，因為他想不出還有什麼別的辦法處置她。她的年輕媽媽已經去世，她從出生起，就一直被當作是個寶貝娃娃，或是一隻寵壞的玩賞猴子或哈吧狗，因此她的脾氣很壞。當她要一樣東西或不要一樣東西時，她就大哭大喊；再說呢，因為她老是想要她得不到的東西，並且不要那些對她有很大好處的東西，所以在學校裡，不是這兒就是那兒，人們常常聽見她抬高尖細的小嗓門嚎啕大哭。

她最強大的武器是，她以某種神秘的方式發現，一個失去了母親的小女孩，應當受到憐惜和寵愛。可能這是母親去世以後，她在嬰兒時期聽見大人談論她時這麼說的。所以，她習慣於充分利用這一個武器。

莎拉第一次照管她是在一天早晨，當她走過一間起居室，聽見明欽小姐和阿米莉亞小姐兩個人一起試圖止住某個孩子的憤怒啼哭，而那個孩子顯然不肯安靜下來。她仍是拼命嚎啕，明欽小姐只好高聲嚷嚷——莊重而嚴厲地——以便讓別人聽見她說的話。

「她為什麼哭啊？」她幾乎是在喊叫。

「歐——歐——歐！」莎拉聽見，「我沒有媽媽！」

「啊，洛蒂！」阿米莉亞小姐尖叫著。「別哭了，寶貝！別哭了！好不好！」

「歐——歐——歐！」洛蒂震耳欲聾地嚎叫。「沒——有——媽——媽！」

「應該抽她一頓，」明欽小姐宣布。「你得挨頓揍，你這個小搗蛋！」

洛蒂越嚎越響。阿米莉亞小姐急得哭了起來。明欽小姐的嗓門也越來越大，簡直像雷鳴一樣，接著，她白白發了一陣脾氣以後，猛然從椅子上跳起來，衝出了房間，留下阿米莉亞去收拾局面。

莎拉在門廳裡站住了，不知道她是否應該進屋去，因為她最近剛開始跟洛蒂建立起友誼，也許能讓她安靜下來。明欽小姐從房裡出來看見莎拉，臉上便露出惱怒的神色。因為她知道，剛才她在房間裡的大聲嚷嚷，聽上去失去了她應有的莊重親切的風度。

「啊，莎拉！」她高聲說，力圖裝出一個恰當的微笑。

「我停下腳步，」莎拉解釋說，「因為我知道這是洛蒂在哭——同時我想，也許——只是也許，我能夠讓她安靜下來。我可以試一試嗎，明欽小姐？」明欽小姐回答，猛地抿了一下嘴。接

著，她看見莎拉對她的粗暴表情感到有一點兒沮喪，就改變了態度。「而且，你在每件事情上都聰明，」她用贊許的口吻說。「我敢說你能夠管住她。進去吧。」說完，她就走了。

莎拉走進房間時，洛蒂正躺在地板上，拼命尖叫和蹬踢胖胖的小腿，阿米莉亞熱得滿臉通紅，遍體冒汗，驚恐絕望地看著她。洛蒂在她家裡自己的兒童室裡經常發現，要她停止踢腿和尖叫，總是會同意她堅決要求的東西。可憐的、肥胖的阿米莉亞先試試一種方法，然後再試試另一種。

「可憐的小寶貝！」她一會兒說，「我知道你沒有媽媽，可憐的——」一會兒又換了口氣：「要是你不停止，洛蒂，我就要狠狠地教訓你。可憐的小天使！好啦——好！你這個頑皮、不聽話、討人嫌的孩子，我要揍你一頓！要揍你！」

莎拉悄悄地走到她們身邊。她一點不知道她該怎麼辦，但是她內心懷有一個模糊的信念，最好不要這樣激動地雜七雜八說一大堆話，這是徒勞無益的。

「阿米莉亞小姐，」她低聲說，「明欽小姐說，我可以試一試讓她別哭——行不行？」

阿米莉亞轉過頭來絕望地看著她。「噢，你認為你行嗎？」她喘著氣說。

「我不知道我是否行，」莎拉仍舊輕聲回答，「但是我願意試一試。」

阿米莉亞沉重地嘆息了一聲，跌跌撞撞站起身來，洛蒂的胖胖的小腿踢得和剛才一樣凶。

「如果您悄悄地離開房間，」莎拉說，「我就和她待在一起。」

「哎，莎拉！」阿米莉亞小姐幾乎是抽抽噎噎地說。「我們以前從來沒有這樣一個難對付的孩子。我看我們沒法留她在這裡。」

不過，她還是躡手躡腳走出房去，由於可藉此脫身而大大鬆了口氣。

莎拉在那個嚎叫不息、亂踢亂滾的孩子身旁站了一會兒，一言不發地看著她。然後她乾脆坐在她身旁的地板上等候著。除了洛蒂的憤怒尖叫以外，房間裡相當安靜。對於小洛蒂來說，這是一種新的情況，因為當她尖叫的時候，她習慣於聽見人們輪流不息地反對、乞求、命令和哄勸。

她躺在地上踢呀叫呀，卻發現身旁僅有的一個人似乎毫不在意，這就引起了她的注意。她張開閉得緊緊的流著淚水的眼睛，去察看這個人是誰。原來這不過是另一個小女孩。但她正是擁有艾蜜莉和全部好東西的那個女孩。她正堅定地望著洛蒂，好像是在想什麼事情。洛蒂停止哭叫幾秒鐘弄清了這個情況以後，心裡重新開始發作，但是寂靜的房間和莎拉沉靜、古怪、深感興趣的面容，使她的第一聲嚎叫顯得有點三心兩意。

「我——沒——有——媽——媽——！」她叫喊著，但是聲音沒有剛才那麼響了。

莎拉更加堅定地望著她，但是眼神裡多了幾分理解。

「我也沒有。」她說。

這句話如此出乎意料之外，以致產生了驚人的效果。洛蒂竟然垂下雙腿，扭轉身子，躺在那兒呆呆地望著莎拉。當你沒有任何辦法止住一個孩子哭叫時，一個新的主意肯定會起作用。確實，洛蒂不喜歡容易發火的明欽小姐，也不喜歡不分是非、一味縱容她的阿米莉亞小姐，她倒相當喜歡莎拉，儘管對她很少瞭解。她不願意停止哭訴，但她的思想已經被引向別處，因此她又扭動一下身體，繃著臉啜泣一聲，然後說：「她在哪裡？」

莎拉稍停片刻。因為別人曾告訴她，她的媽媽是在天上，她對這種事情想得很多，她的想法與其他人的想法大不一樣。

「她到天上去了，」她說。「但是我確信，她有時會下來看我——雖然我看不見她。你媽媽也是這樣。也許她們倆現在都能看見我們。也許她們倆都在這個房間裡。」

洛蒂一骨碌坐直身子，向四周張望。她是個漂亮、鬈髮的小東西，圓圓的眼睛就像沾著水珠的勿忘草。如果她媽媽在過去的半小時裡曾看見洛蒂的樣子，她大概會認為，她女兒這樣的孩子，跟小天使是毫無相似之處的。

莎拉繼續說著話。也許有些人會認為她說的東西很像一個童話，但是在她的想像之中，那些事情都非常真實，因此洛蒂不由自主地注意聽她講。她曾聽說她媽媽長著翅膀，戴著王冠，她曾看見過一些穿著漂亮的白色睡袍的女人的圖畫，據說她們就是天使。但是莎拉好像是在講述一個真實的故事，講述一片可愛的國土，那裡的人們也是真實的。

「那兒遍地鮮花，」她說，像往常一樣，她心不在焉地宛如夢中一樣打開了話匣子——「漫山遍野的百合」——每當一陣和風吹拂著鮮花，便把花香送入空中——每一個人都一直聞到花香，因為和風一直在吹著。孩子們在百合花叢中奔跑嬉鬧，採集了一抱一抱的百合花，把它們編成小花環。街道明亮乾淨。人們不論走多少路也不會感到累。他們喜歡到哪裡就飛到那裡。圍繞城市的牆壁是用珍珠和黃金砌成的，但是城牆不很高，人們可以倚著城牆眺望大地，微笑著傳遞美妙的信息。」

不管莎拉開始講什麼故事，洛蒂毫無疑問總會停止哭泣，著迷地聽她的故事；但是不可否認，這一個故事要比大多數其他故事更加動人。她把身子挪到莎拉身邊，全神貫注傾聽每一個字，直到故事結束——結束得太快了。她感到非常遺憾，於是威脅性地噘起了嘴唇。

「我要到那裡去，」她哭著說。「我在這個學校裡沒有媽媽。」

莎拉發覺了這個危險信號，就暫時停止了夢想。她握住洛蒂胖乎乎的手，把她拉到自己懷裡，笑嘻嘻地哄著。

「我可以做你的媽媽！」她說，「我們來假扮你做我的小女兒。艾蜜莉就做你的妹妹吧。」

洛蒂臉上呈現了兩個酒渦。

「她會做嗎？」她問。

「會做的，」莎拉回答，一邊站起身來。「我們去告訴她。然後我給你洗臉梳頭。」

洛蒂高高興興地接受了，小跑著出了房門，跟莎拉上樓去，似乎完全忘記了，剛才整整一個鐘頭的悲劇的起因，正是她不肯洗臉梳頭，然後再去吃午餐，後來只好讓明欽小姐過來行使她那崇高的權威。

從此以後，莎拉就成了洛蒂的養母。

第五章・貝琪

當然囉，莎拉所擁有的最巨大的本事，能比她全部精美貴重的物品，和「裝門面的學生」那樣的身份，獲得更多的追隨者，也能使拉維妮亞和其他一些女孩，非常妒忌而同時又不由自主地非常著迷，這就是她講故事的本事，就是她有本事使她講的東西聽上去像故事，不管原來是不是故事。

任何人只要跟一個會講故事的人一起上過學，都知道這種奇特的本事會帶來什麼——其他孩子會盯住他或她，並低聲請求他或她講故事；圈子當中坐著最受優待的孩子，圈子外面三三兩兩站著不少孩子，盼望著得到允許進入圈子裡面去聽故事。

莎拉不僅會講故事，而且熱愛講故事。當她坐在或站在一圈孩子中間，開始編造奇妙的故事時，她的綠眼睛變得大而明亮，雙頰飛紅，同時自己也不知道是怎麼回事，她就開始表演起來。她抬高或放低嗓門，彎曲或擺動苗條的身軀，做出各種富有表現力的手勢，使自己講的東西顯得十分可愛或驚人。她忘了是在對著孩子們講話，她在講述仙人、國王、王后和美麗的夫人們的奇遇時，好像真的看見他們並和他們生活在一起。有時當她講完一個故事，會激動得連氣都透不過來，會把手放在自己瘦削的、迅速起伏著的小胸脯上面，並且微微一笑，好像在笑她自己。

「我講故事的時候，」她總是說，「並不把那個故事看作只是編出來的。而是比你更真實——比這個教室更真實。我感到，好像我就是故事裡的全部人物——一個接著一個。這事情確實奇怪。」

她在明欽小姐的學校裡待了兩年以後，在一個有霧的冬天的下午，她身上穿著十分溫暖舒服的天鵝絨和長皮衣服，顯出她自己很少知道的尊貴氣派，走下馬車，穿過人行道，就在這時候，她看見一個衣衫襤褸的小人兒站在地下室的階梯上，伸長脖子，張大眼睛，穿過欄杆的隔縫盯住她看。

那張沾著汗跡的臉上的神色熱切而又膽怯，不由引起了莎拉的注意，她看著那張臉微笑了，因為她習慣於對別人微笑。

但是那張臉和那雙睜大著的眼睛的主人，顯然感到害怕了，因為她不應該觀看有地位的學生。她像一個揭開匣蓋就馬上跳起來的玩偶，飛快躲到一邊，匆忙回到廚房裡去。

就這樣，這個小人兒突然從眼前消失了，如果她看上去不是那麼可憐，那麼孤苦伶仃，莎拉原來禁不住會發笑的。

就在當天傍晚，當莎拉坐在教室的一個角落裡，身邊圍著一小群聽眾，講著一個故事時，那個小人兒又膽怯地走進房間，她非常吃力地提著一個沉重的煤箱，跪在壁爐前地毯上，給爐火添加煤塊，把灰爐掃乾淨。

她比剛才從欄杆縫裡張望時乾淨一點，但還是那樣害怕。她顯然不敢去看那些孩子們，也不敢露出聽她們講話的樣子。她小心翼翼地用手指頭搬弄煤塊，這樣就不會發出吵擾的聲音，她指抹火爐用具也輕手輕腳。可是莎拉在兩分鐘裡就看得出，她對學生們正在做的事情深感興趣，她放慢幹活的速度，希望能偶而聽到一、兩句。莎拉看出這一點以後，就抬高聲音吐字也更清楚一點。

「美人魚在水晶般清澈的綠色海水中，輕鬆地游著，身後拖著一個用深海珍珠編織成的漁網，」她說。「公主坐在白色的岩石上望著他們。」

這是一個奇妙的故事，講一個公主，被一位人魚王子愛上了，後來到海底的金光閃閃的洞穴裡，跟王子生活在一起。

那個小苦工揩抹了壁爐一遍，接著再揩一遍。揩了兩遍以後，她再揩第三遍；當她在揩第三遍的時候，講故事的聲音對她的引誘力實在太大了，因此她完全被它迷住，真的忘記她根本沒有聽故事的權利，也忘記了其他一切。

她原來跪在壁爐前地毯上，此刻就一屁股坐在腳後跟上，那只刷子也低垂在手指中間不派用場。講故事的人的聲音繼續傳來，把她帶進海底裡的迂迴曲折的洞穴，洞穴閃耀著柔和、清澈的藍光，地上舖著純淨的金色砂子。海裡的千姿百態的奇花異草在她四周浮游，從遠處飄來隱隱約約的歌聲和音樂。

她聽得出了神，爐刷從因為勞動而變得粗糙的手裡掉了下來，拉維妮亞立即回頭察看。

「這個小妞兒一直在聽。」她說。

那個犯了過錯的人抓起刷子，匆忙站起。她捧起煤箱，簡直像一隻吃驚的兔子一樣，逃出了房間。

莎拉感覺相當惱火。

「我知道她在聽，」她說。「為什麼她不應當聽呢？」

拉維妮亞非常優雅地甩了一下頭。

「嗯，」她說，「我不知道是否你媽媽希望你講故事給女佣人聽，但是我知道，我媽媽不希望我做這樣的事。」

「我的媽媽！」莎拉帶著古怪的表情說。「我看她一點也不會介意。她知道故事是屬於每一個人的。」

「依我看，」拉維妮亞想起什麼，便十分嚴厲地反駁，「你媽媽已經死了。她怎麼能知道事情呢？」

「你以為她不知道事情嗎？」莎拉以她嚴厲的小嗓子問。有時，她的小嗓子聽上去很嚴厲。

「莎拉的媽媽什麼都知道！」洛蒂尖著喉嚨插嘴說。「我媽媽也是什麼都知道。——莎拉不算，她是我在明欽小姐學校裡的媽媽——我的另一個媽媽什麼都知道。街道明亮乾淨，漫山遍野的百合花，大家都採集百合花。這是莎拉送我上床的時候講給我聽的。」

「你這個惡劣的東西！」拉維妮亞攻擊莎拉說，「拿天國來胡編童話。」

「《啟示錄》❶裡的故事場面還要壯麗得多呢，」莎拉反駁說。「你看看清楚吧！你怎麼知道我講的是童話？但是我可以告訴你，」——帶著幾分天國裡沒有的火氣——「如果以後你對待別人不比現在更好的話，你就永遠弄不清楚那些是不是童話。走吧，洛蒂。」接著，她大步走出房間，很希望在什麼地方可以再見到那個小女僕，但是小女僕已經跑得無蹤無影了。

「那個生火的小女孩是誰？」當天晚上她問瑪麗葉。

瑪麗葉滔滔不絕給她作了介紹——

「啊，說真的，莎拉小姐很可能會問起她。她是個孤苦伶仃的小東西，剛剛在學校裡當上幹粗活的廚工——不過，除了幹廚房裡的活，別的什麼活都要幹。她用黑鞋油擦靴子，用黑漆刷壁爐的爐柵，提著沉重的煤頭上樓下樓，擦地板、揩窗子、還要受到每個人的使喚。她已十四歲了，但發育遲緩，看上去好像只有十二歲的樣子。說真的，瑪麗葉替她感到難過。她非常膽怯，如果有人碰巧對她講話，她那雙可憐的、擔驚受怕的眼睛，就好像要從眼眶裡跳出來一樣。」

「她叫什麼名字？」莎拉問，她坐在桌旁，下巴擱在手心裡，專心地聽著瑪麗葉的介紹。

「她的名字叫貝琪。每隔五分鐘，瑪麗葉就會聽到樓下有人喊：『貝琪，做這個，』『貝

---

❶《啟示錄》：基督教《聖經．新約》的末卷。

琪，做那個。』」

瑪麗葉離開她以後，莎拉坐在那裡凝視著爐火，心裡久久想著貝琪。她編出一個故事，貝琪就是其中受虐待的女主人公。她覺得，從貝琪的臉上看得出來，她總是沒有吃飽。連她的眼睛都在挨餓。她希望再能夠見到她，可是，雖然有幾次她看見貝琪拿著東西上樓下樓，可是她總是那麼匆匆忙忙，怕給別人看見，因此莎拉不可能跟她講話。

但是幾個星期以後，又是一個有霧的下午，當莎拉走進起居室時，她的眼前展示著一幅令人憐憫的景像……

貝琪坐在熊熊的爐火前面，坐在那張莎拉特別珍愛的專用安樂椅上，她的鼻子上沾著一點煤汙，圍裙上沾著好幾點，那頂虌腳的小帽子只有一半戴在頭上，身旁的地板上有一個空煤箱——她坐在那兒熟睡著，因為她實在太累了，連她吃苦耐勞的年輕人體格也頂不住了。她的工作是把全部臥室收拾乾淨，以便晚間使用。臥室間數不少，她忙碌了整整一天。莎拉的房間她留在最後做。別的房間裡東西很簡單很普通，莎拉的房間可不一樣。可以預料，一般學生單單有些生活必需品就會滿意的。而莎拉的舒適的起居室呢，在這個小雜務工的眼裡看來，簡直就是一間華麗精致的閨房。其實，那只不過是一間愜意、明亮的小房間罷了。但是房裡有書籍和圖畫，有印度的珍奇物件，有一張沙發和一把矮矮的、柔軟的椅子；艾蜜莉坐在她自己的椅子上，好像一個女神那樣總管一切，壁爐裡總是燃燒著爐火，爐子表面總是擦得發亮。

貝琪把它留到下午最後一個來做，因為走進這個房間讓她感到舒服，她總希望抽出幾分鐘，坐在那張軟椅上環視四周，心裡一邊想著，這個孩子真了不起，福氣真好，她有這麼好的環境，她冷天出門穿戴著那麼漂亮的帽子和外套，那天自己還竭力想從欄杆縫裡瞅上一眼呢！

這一天下午，貝琪剛坐下來，兩條短短的、酸疼的腿就感到完全放鬆，這種感覺使她非常舒服，非常痛快，好像對全身都起著作用。明亮的爐火也使她感到溫暖愜意，像魔法一樣傳遍了她的全身，終於，當她看著紅色的煤塊時，一個疲乏微笑在她沾著汗跡的臉上慢慢地展開，她的頭向前沉倒，自己根本不知道，眼皮就合起來，進入了香甜的夢鄉。

莎拉進來時，貝琪在這個房間裡僅僅呆了大約十分鐘，但是她睡得非常熟，就像童話裡的那個睡美人，要一直睡上一百年。但是她看上去——可憐的貝琪——可一點不像什麼睡美人。她看上去只是一個醜陋、發育不良、疲勞不堪的幹粗活的小廚工。

莎拉的形象跟她的差距太大，好像是仙女下凡一樣。

當天下午她一直在上舞蹈課，儘管每星期都有舞蹈課，但舞蹈教師來校的那個下午，總是學校的一個隆重時刻。學生們穿上了最漂亮的連衣裙，而且因為莎拉跳得特別好，她總是站在最突出的位置，所以學校要求瑪麗葉盡量把她打扮得優雅秀麗。

這天她身穿一件玫瑰紅的連衣裙，瑪麗葉買來了一些鮮花，編成一只花環，戴在她的黑頭髮上。她剛才正在學一個歡快的新舞蹈，跳舞時她就像一隻玫瑰紅色的大蝴蝶，繞著房間輕盈地飛舞。跳舞時的歡樂和運動，使得她容光煥發、綻開幸福的微笑。

她進屋時用的是蝴蝶的翩翩舞步——而貝琪卻坐在那裡打瞌睡，帽子有一半歪戴在旁邊。

「喲！」莎拉看見她時柔和地叫道。「這個可憐的傢伙！」

那個衣衫襤褸的小人兒占用了她的珍愛的椅子，但她並沒有想到要發火。說實話，她很高興見到貝琪在她房裡。當她故事裡的受虐待的女主人公醒來時，她就可以跟她講話了。她躡手躡腳走到貝琪身旁，站著朝她看。貝琪發出了一點鼾聲。

「但願她自己醒過來就好了，」莎拉說。「我不想弄醒她。但是讓明欽小姐發現的話，她是要發火的。我再等一會兒吧。」她坐在桌子的邊緣上，擺動著細長的、膚色紅潤的小腿，不知道該做什麼才好。阿米莉亞小姐隨時會走進來，要是她進來的話，貝琪肯定要挨罵。

「可是她累成這個樣子，」她想。「累成這個樣子！」

正在此刻，一塊燃燒的煤解決了她的難題。那塊煤從一塊大煤上裂開，落在火爐圍欄上。貝琪驚醒了，害怕地喘息一聲張開眼睛。她不知道自己剛才睡著了。她才剛剛坐下一會兒，享受著溫暖的爐火——此刻，她不由得萬分驚恐地凝視著那個了不起的學生，那個學生就坐在近邊，看上去像是一個玫瑰紅色的小仙女，眼神裡露出很大的興趣。

貝琪跳起來想抓住自己的帽子。她感到帽子掛在耳朵上，就拼命想把它扶正。哎呀，現在她可是鬧出大亂子啦！竟敢在這樣一位年輕小姐的椅子上放肆地睡覺！她要拿不到工錢了，還要被趕出校門去。

她發出了一個聲音，像是呼吸急促地大聲抽噎一下。

「啊，小姐！啊，小姐！」她結結巴巴地說。「我請求妳原諒，小姐！啊，請原諒我吧，小姐！」

莎拉跳下椅子，走到貝琪近旁。

「別害怕！」她說，彷彿在跟一個與她自己一樣的女孩說話。「這，一點也沒關係。」

「我不是存心要做那樣的事，小姐，」貝琪分辯說。「因為爐火溫暖——我又那麼疲勞——我不是放肆無禮啊！」

莎拉友好地笑了一笑，把手放在貝琪的肩膀上。

「你累了，」她說，「你也沒法控制自己。你還沒有真正醒過來呢！」

可憐的貝琪凝視著莎拉，她是多麼驚奇啊！說真的，她以前從來未聽到過哪一個人的喉嚨裡會發出如此親切友好的聲音。她習慣於受人使喚、責罵、甚至打耳光。而這一位小姑娘，身穿光彩奪目的玫瑰紅舞裙，她的目光彷彿在說她沒有犯什麼過失——彷彿她有疲勞的權利——甚至睡覺的權利！那隻柔軟、纖巧的小手接觸到她的肩膀時，她驚奇得以為自己是在做夢。

「你——你不生氣嗎，小姐？」她呼吸急促地問。「你不會告訴女主人嗎？」

「不，」莎拉高聲說。「我當然不會。」

那張沾著煤灰的臉上的可憐害怕的神情，使莎拉突然感到非常難過，幾乎無法忍受。她心裡閃過一個古怪的念頭。她用手撫摸著貝琪的臉頰。

「嗨，」她說，「我們完全是一樣的——我像你一樣是個小女孩。我沒有成了你，你沒有成了我，這不過是意外事故！」

貝琪一點也不理解。她的理智無法接受如此驚人的思想，而「意外事故」呢，按照她的理解，就是有人被車子撞倒，或者從扶梯上跌下來，然後被送到醫院裡去。

「一個意外事故，小姐，」她尊敬而激動地說。「對嗎？」

「對。」莎拉回答，一邊出神地望著貝琪。可是緊接著她就改變了說話的語調。她意識到貝琪並不瞭解她的意思。

「你的活幹完了嗎？」她問。「你能在這裡待幾分鐘嗎？」

貝琪又喘不過氣來了。

「這裡，小姐？我？」

莎拉跑到門口，打開門張望並側耳細聽。

「外面沒有人，」她向貝琪解釋，「如果你把臥室都收拾好了，那麼稍許待一會兒是可以的。我想——也許——你會喜歡吃塊蛋糕。」

接下去的十分鐘時間裡，貝琪處於極度興奮的狀態。莎拉打開碗櫥，拿給她一塊厚厚的蛋糕。看著她狼吞虎嚥地吃完蛋糕，莎拉感到很高興。她問貝琪一些問題，跟她說說笑笑，最後，貝琪的害怕終於漸漸消失了。有一、兩次她自己也鼓起足夠的勇氣，問了莎拉一個問題，雖然她覺得這麼做是非常大膽的。

「那是——」她試探著說，非常羨慕地看著那件玫瑰紅色舞裙。她的聲音幾乎輕得聽不見。「那邊那件衣服是你最好的嗎？」

「那是我的一件舞裙，」莎拉回答。「我喜歡它，你呢？」

好一會兒貝琪羨慕得講不出話來。然後她敬畏地說：

「一次我看見一位公主。我正站在街上，在科文特加登廣場邊上，四周站著許多人。我看著那些大人物走進歌劇院。有一個女的大家都盯著她瞧。他們交頭接耳說：『那是公主。』她是位年輕的夫人，全身都是粉紅色——長禮服、外套、鮮花，所有的東西。我一看見你，坐在那邊的桌子上，小姐，我就想起了她。你看上去很像她。」

「我常常覺得，」莎拉沉思地說，「我想做一個公主；我不知道做公主是什麼感覺。我想我要開始假裝我是一個公主。」

貝琪欽佩地望著她，像剛才一樣，貝琪絲毫不理解她的意思。她帶著崇拜的神情望看莎拉。莎拉馬上停止了沉思，向貝琪提出一個新問題。

「貝琪，」她說，「那天你不是在聽故事嗎？」

「是的，小姐，」貝琪承認，稍稍又有點驚慌。「我知道我沒有得到允許，可是那個故事那麼美，我——我克制不住自己。」

「我喜歡你來聽那個故事，」莎拉說。「如果你會講故事，那麼把故事講給那些想聽的人聽，就是你最喜歡的事情。我不知道這是為什麼。你想聽那個故事的其餘部分嗎？」

貝琪又喘不過氣來了。

「我聽故事啊？」她大聲說。「把我當作學生啊，小姐！有關王子的全部事情——還有那些白色的小人魚，歡笑著游來游去，頭髮裡亮著星星？」

莎拉點點頭。

「恐怕你現在沒時間聽故事了，」她說，「但是如果你告訴我，你什麼時候到我的房間來，我就盡量在這裡等你，每天給你講一段，直到把它講完為止。那個故事很好聽，也很長——我還在往裡面增加新的東西。」

「這樣的話，」貝琪虔誠地說，「我就不在乎煤箱有多麼重——或是廚師對待我有多麼凶，只要我的腦子裡裝著那個故事就行了。」

「你能做到的，」莎拉說。「我要把整個故事講給你聽。」

貝琪下樓的時候，再也不是剛才那個提著沉重的煤桶、搖搖晃晃上樓來的貝琪了。她口袋裡另外還揣著一塊蛋糕，再說，她不僅僅得到蛋糕作為食糧，得到爐火給她的溫暖。她還從另外一個源泉得到了食糧和溫暖——那就是莎拉。

貝琪走後，莎拉坐在桌子一端她最喜歡坐的位置上，雙腳踏著椅子，將手肘擱在膝蓋上，雙手捧住了下巴。

「如果我是個公主——一個真正的公主，」她小聲說，「我就要向平民百姓慷慨贈送禮物。但是即使我是一個假裝的公主，我也可以想出點事情來為民眾服務。像今天這樣的事情。貝琪就像收到豐富禮品一樣地高興。我要假裝把做一些人們喜歡的事情，算作是公主在贈送禮物。我已經贈送過了禮物。」

第六章・鑽石礦（一）

不久以後，明欽小姐裡的女校裡發生了一件激動人心的事情。不僅是莎拉，而且全校都覺得這件事情激動人心。事情發生以後一連幾個星期，大家都把它作為主要的話題。克魯上尉在他的一封信裡，講述了一個十分有趣的故事。

他的一個朋友，小時候跟他是同學，出乎意外地跑到印度去看他。他擁有一大片土地，在那裡發現了鑽石，他正從事於開發鑽石礦。如果一切情況如同事先肯定估計的那樣，他就會得到一筆使人聽了會暈頭轉向的巨大財富；又因為他對學生時代的那個朋友十分摯愛，所以就給克魯上尉一個分享巨大財富的機會，讓他成為這項事業的合夥人。至少莎拉從他的信裡推斷出了這些內容。確實，任何其他有關生意的計劃，不論它是多麼宏偉，對於莎拉和整個學校的吸引力都很小；可是鑽石礦聽上去太像《天方夜譚》的神奇故事了，沒有人能夠對它漠不關心。莎拉覺得鑽石礦很迷人，就給亞門加德和洛蒂畫了幾張畫，描繪了地下深處迷宮般的坑道，牆壁上和坑道頂上都嵌著閃閃發光的鑽石，一些奇怪的、皮膚黝黑的人，正在揮動沉重的鐵鎬把它們鑿下來。亞門加德很喜歡這個故事，洛蒂一定要莎拉每天晚上給她重講一遍。拉維妮亞對這件事耿耿於懷，她對潔西說，她不相信存在鑽石礦之類的東西。

「我媽媽有一隻鑽石戒指，價值四十英磅，」她說。「它還不算是很大的。如果真有充滿鑽石的礦，人們就會富有得荒唐可笑了。」

「也許莎拉會富有得荒唐可笑！」潔西格格地笑著。

「她不富有已經是荒唐可笑了！」拉維妮亞輕蔑地說。

「我看你是恨她。」潔西說。

「不，我不是恨她，」拉維妮亞惱怒地打斷她。「可是我不相信有充滿鑽石的礦。」

「嗯，人們總得從某個地方取到鑽石吧，」潔西說。「拉維妮亞」——她又笑了一聲——「你以為格特魯德的話怎麼樣？」

「我真的不知道；我也不在乎那個講不完的莎拉身上又多出點什麼花樣。」

「嗯，是有花樣。她假裝的事情之一，就是她是一個公主。她一直在玩這個花樣——甚至在學校裡。她說這樣能使她把功課學得更好。她要亞門加德也假扮一個公主，可是亞門加德說她太胖了。」

「她是太胖了，」拉維妮亞說。「莎拉又太瘦了。」

「自然囉，」潔西又格格笑起來。「她說這跟你的外表或者你有什麼東西沒有關係。它只跟你心裡想些什麼和你做些什麼有關係。」

「我看，她準以為，如果她是個乞丐的話，也可以做公主，」拉維妮亞說。「我們這就稱呼她為『殿下』吧。」

這天的課上完了，學生們都坐在教室的爐火前，歡度她們最喜歡的時刻。此時，明欽小姐和阿米莉亞小姐正在起居室裡用茶點，別人不得打擾。在這段時間裡大家談得非常熱鬧，交換許多秘密新聞，特別是如果年幼的學生們守規矩一點，不要吵吵鬧鬧、跑來跑去的話，但是她們通常做不到這一點。當她們吵翻天的時候，年齡較大的女孩通常會加以干涉、責罵和動手教訓她們。大家期望她們遵守秩守，如果她們不遵守，就有可能驚動明欽小姐或者阿米莉亞小姐，於是，歡樂的場面就會告終。拉維妮亞正在講話的時候，教室門打開了，莎拉和洛蒂一起進來，那個小女孩就像一條小狗似的，經常到處小跑著跟在莎拉身後。

「她來了，跟那個小搗蛋在一起！」拉維妮亞輕聲驚呼。「如果她這麼愛她，為什麼不把她留在自己房間裡呢？只要再過五分鐘，她就會為了什麼事情嚎叫起來的。」

碰巧，洛蒂剛才突然很想到教室裡玩耍，她就懇求她的養母跟她一起去。有幾個小女孩正在一個角落裡玩耍，洛蒂就參加進去。莎拉坐在窗座上，蜷起身子，翻開一本書開始看起來。這本書是關於法國大革命的，很快她就聚精會神地領略著巴士底獄❶囚犯們的悲慘畫面——那些人在土牢裡度過漫長的歲月，等到救他們的人把他們拉出來的時候，他們長長的、灰色的頭髮和鬍子幾乎蓋住了臉，他們已經忘記，外面還存在一個世界，好像跨入夢境一般。

她正在自己的領域裡遨遊，跟教室內的活動毫不相干，突然間，洛蒂的一聲嚎叫使她回過神來，這使得她很不愉快。每當她全神貫注看書的時候突然受到吵擾，她就發現自己很難壓下怒火。酷愛看書的人能夠體會此刻傳遍全身的氣惱感覺。怒火會惹得他們直想不講道理、惡聲惡氣地沖別人幾句，這是很難控制的。

「它使我感覺好像有人打了我，」莎拉有一次私下裡告訴亞門加德。「好像我想回擊對方。我必須很快回顧一下剛才的情況，才能避免說出氣話。」

此刻她把書放在窗座上，從舒服的角落裡跳下來，她必須很快回顧一下剛才的情況。

剛才洛蒂在教室的地板上滑行，起先是過於吵鬧，惹火了拉維妮亞和潔西，接著她自己摔倒了，把胖胖的膝蓋摔破了。她在一群朋友和敵人中間哭喊暴跳，她們輪流地哄慰她和責罵她。

「馬上停住，你這個愛哭鬼！馬上停住！」拉維妮亞命令她。

---

❶巴士底獄：巴黎一古堡，用作國家監獄，一七八九年法國大革命時為群眾所毀。

「我不是愛哭鬼——我不是！」洛蒂嗚咽著。「莎拉，莎——拉！」

「如果她不停住，明欽小姐就會聽見了，」潔西喊道。「洛蒂寶貝，我給你一個便士！」

「我不要你的便士！」洛蒂抽噎著；她低頭看看自己的膝蓋，當她看見上面有一滴血的時候，就又大哭起來。

莎拉飛快地穿過房間，跪在地上摟著洛蒂。

「好了，洛蒂，」她說。「好了，洛蒂，你答應過莎拉的。」

「她說我是個愛哭鬼！」洛蒂哭著說。

莎拉輕輕地拍著她，但是以洛蒂熟悉的堅定語氣說：

「可是如果你哭了，你就是個愛哭鬼了，洛蒂寶貝。你不是答應過不哭的啊！」

洛蒂記得她曾經答應過，可是她想還是想高聲喊叫更好。

「我沒有媽媽！」她叫道。「我一點兒媽媽都沒有！」

「不，你有媽媽，」莎拉笑呵呵地說。「你忘啦？莎拉是你的媽媽，你不記得了嗎？你要莎拉做你的媽媽嗎？」

洛蒂得到了安慰，鼻子裡呼哧一聲，依偎在莎拉身邊。

「過來，跟我一塊兒坐在窗座上，」莎拉繼續說，「我悄悄地給你講一個故事。」

「你要嗎？」洛蒂嗚咽著。「你肯——給我講——鑽石礦嗎？」

「鑽石礦？」拉維妮亞大聲嚷嚷。「這個討厭的小東西，太縱容她了，我真想揍她！」

莎拉應聲站了起來。剛才她一直在專心看那本講巴士底獄的書，她很快地把身旁的事情回顧了一下，才意識到必須過去照管她的養女。她不是大慈大悲的天使，而且她也不喜歡拉維妮亞。

「好啊，」她帶了幾分火氣說，「我很想揍你——可是我不要揍你！」她克制住自己。「至少我既要揍你——很想揍你——可是我不會揍你。我們不是窮人家的小把戲。我們年紀都不小了，應該懂事了。」

拉維妮亞抓住了她的話。「啊，對了，殿下，」她說。「我想，我們是公主吧。至少我們中間有一個是公主。既然明欽小姐招來一個公主做學生，這所學校應該大出風頭啦！」

莎拉朝她走過去，看上去好像準備打她耳光。也許她要打。她假裝做一些事情，這是她生活的樂趣。她對她不喜歡的女孩，從來不提起這些事情。她新近開始假裝做公主，這個花樣她心裡十分珍愛，也十分敏感，提到它，她就感到不好意思。她原想把它作為一個秘密，而眼前拉維妮亞卻對著將近全校的學生拿它來取笑。她感到熱血湧上她的臉，耳朵裡也嗡嗡嗚響。幸好她剛剛來得及控制住自己。既然我是個公主，我就不會勃然大怒。她的手落下了，站著紋絲不動。等到她再開口說話，語調已經是冷靜平穩的了，她把頭高高抬起，大伙兒都在聽著她。

「的確，」她說。「有時我確實假裝自己是公主。因為，我假裝做公主，就可以努力地像一個公主那樣去做人。」

拉維妮亞一時找不到合適的話來反駁。有好幾次，當她跟莎拉對陣的時候，她對莎拉的話常常找不到滿意的答覆。這一點的原因是，不知怎麼的，其餘的孩子都隱隱約約對她的對手表示同情。此時，她看見她們正豎起耳朵饒有興趣地聽著。事實上，她們都喜歡公主，都希望可以聽到有關這個公主的更具體的情況，因此都向她靠攏過來。

拉維妮亞只想得出一句話，聽上去很單調乏味。

「天哪！」她說，「我希望你在登上王位的時候，不要忘記我們。」

「我不會忘記的。」莎拉說，她不再說別的話，而是靜靜地站著，堅定地看著拉維妮亞，直到她拉住潔西的胳臂轉身離去。

從此以後，妒忌莎拉的女孩，每當她們想特別鄙視她的時候，總是把她叫做「莎拉公主」；而那些喜愛她的孩子，在自己人中間說起「莎拉公主」這個稱呼，總是帶著愛慕的感情。並沒有人不叫她「莎拉」，而叫她「公主」，但是因為這個稱呼非常美麗和高貴，所以愛慕她的人都感到很高興。明欽小姐聽見這回事，也不止一次地向來訪的家長們提到它，感到它會給人一種暗示，好像她的學校沾著點皇家色彩。

對於貝琪來說，這是最最天經地義的事情。她和莎拉的結識，是在那個有霧的下午開始的，當時，她突然驚醒了，從安樂椅中跳起來，她們彼此的瞭解已經成熟起來，並且日益增進。不過，明欽小姐和阿米莉亞小姐對此一無所知。她們覺察到莎拉對那個小雜務工心腸很好，但是她們一點也不知道，小雜務工常冒著危險抓住愉快的時刻，她飛快地把樓上的房間全部打掃好，來到莎拉的起居室，高興地吐出一口氣，把沉重的媒箱放下。於是莎拉就給她講一段故事，然後拿出好吃的東西給她吃，還急忙塞一點在她口袋裡，讓她帶回閣樓去，晚上睡覺的時候可以吃。

「可是我吃東西要吃乾淨，小姐，」有一次，貝琪說，「因為如果掉下粒屑，老鼠就會出來吃的。」

「老鼠！」莎拉恐懼地叫喊著。「你那裡有老鼠？」

「多著呢，小姐。」貝琪的回答完全是就事論事的口氣。「老鼠多數是藏在閣樓裡。它們悉悉索索四處亂竄，這種聲音你會習慣的。我已經習慣了，所以我也無所謂，只要它們不爬到我的枕頭上來就行。」

「喔唷！」莎拉說。

「隨便什麼事情，你過一段時間總會習慣的，」貝琪說。「你只好這樣，小姐，如果生下來就是雜務工的話。我寧可有老鼠，不要有蟑螂。」

「我也是這樣，」莎拉說。「我想你過些日子可能會跟一隻老鼠交朋友，可是我認為我不會跟一隻蟑螂交朋友。」

有時候，貝琪只敢在那個明亮溫暖的房間裡待幾分鐘。這樣兩個人只能稍稍交談幾句，莎拉就把一點兒吃的東西塞在貝琪的老式口袋裡，貝琪把口袋放在裙子裡面，用一根帶子繫在腰上。為貝琪找尋好吃的東西，還要可以裝在小包裡的，給莎拉的生活增加了一種趣味。當她乘車或步行外出時，總是熱切地觀看商店櫥窗。她第一次買了兩、三隻小肉餡餅回家的時候，感到這是她的一個重大發現。她拿出來給貝琪看，貝琪的眼睛頓時大放異彩。

「啊，小姐！」她低聲說。「這餅一定又好吃又耐飢。它最好就是耐飢。鬆蛋糕讓人看著嘴饞，可是它一到肚子裡就化了——你是懂的，小姐。這餅到了肚子裡就不化了。」

「嗯，」莎拉猶豫著，「依我看，如果餅一直待在肚子裡不化，那也不是好事情，可是我確實知道這餅很好吃。」

這餅確實好吃，還有從小飯館買來的牛肉三明治、麵包卷、大紅腸，都是美味可口的。過了一段時間，貝琪不再有挨餓和疲勞的感覺，媒箱好像也不是那麼重得搬不動了。

不管媒箱是多麼重，不管廚師的脾氣是多麼壞，也不管壓在她肩上的工作是多麼艱苦，她總有個盼頭——盼望下午那個機會——等到莎拉小姐待在自己的起居室裡，她的機會就來了。事實上，只要能看見莎拉小姐，那麼不吃肉餡餅，她也覺得夠好的了。如果時間很短，兩個人只能說上很少幾句話，那麼幾句友好、開心的話，會使她倆鼓起勁頭；如果時間更多一點，那麼就可以講一段故事，或者別的東西，以後貝琪會記在心裡，有時躺在閣樓小床上沒睡著，可以再回味一下。莎拉所做的事情，只是她無意中最喜歡做的事情。大自然把她造就成一個施捨者，她一點也不知道，她對於可憐的貝琪意味著什麼，也不知道自己看上去是個多麼好的恩人。如果大自然把你造就成一個施捨者，那麼你的手生下來就很慷慨，你的心一定也很慷慨；雖然有時候你的手是空的，可是你的心總是滿的，你可以從心裡拿出東西來送給別人——溫暖、好意、親切——幫助、安慰、歡笑，有時歡樂的笑聲就是最好的幫助。

在她貧窮的、艱難困苦的生活中，貝琪幾乎不知道笑是什麼東西。莎拉引得她笑，還和她一起笑。歡笑跟肉餡餅一樣的「耐飢」，雖然兩個人都不知道這一點。

*

距離莎拉十一歲生日還有幾個星期，她父親給她寄來一封信，信裡不是通常那種孩子氣的、興高采烈的語氣。他的身體不大好，鑽石礦的業務顯然也使他負擔過重。

「你知道，小莎拉，」他寫道，「你爸爸根本不是一個生意人，那些數字和文件讓我頭痛。我並沒有真正理解它們，生意上的事情實在太煩。也許，如果我沒有發高燒，我就不會半個晚上睡不著，在床上翻來覆去，另外半個晚上又做著惡夢。如果我的小女主人在這裡，我敢說，她一定會給我提出一些一本正經的好意見。你會的，對嗎，小女主人？」

爸爸跟她開過許多玩笑，其中之一就是把她稱做他的「小女主人」，因為她總是顯得那麼成熟，善解人意。他為莎拉的生日作了精心準備。除了別的東西以外，特地從巴黎定購一個玩具娃娃，她的服裝呢，當然也是多姿多采、盡善盡美的。爸爸信裡問她，是否她願意接受這個娃娃作為生日禮物，她回信時講得很奇特。

「我年紀已經很大了，」她寫道。「你知道，我今後就不要別人給我娃娃了。這將是我的最後一個娃娃。關於這件事情有一種嚴肅的意義。要是我會寫詩，我肯定會寫一首很美妙的詩，題目就叫做『最後的娃娃』。可是我不會寫詩，我曾經試過，結果自己看了都好笑。我的詩聽上去一點不像瓦茨❷、柯勒律治❸或是莎士比亞❹的詩。沒有別的娃娃可以代替艾蜜莉的地位，可是我會非常尊重這個最後的娃娃；我肯定全校學生也都會喜愛她。她們都喜歡玩具娃娃，雖然有些

❷瓦茨（一六七四——一七四八）英國非國教派牧師，英國讚美詩之父。

❸柯勒律治（一七七二——一八三四），英國詩人、評論家。

❹莎士比亞（一五六四——一六一六）英國劇作家、詩人，作有37部戲劇和一百多首十四行詩。

大年齡的學生——她們快滿十五歲了——擺出一副不屑再玩娃娃的樣子。」

克魯上尉在印度的平房裡看到女兒的信時，頭痛得像要裂開來一樣。他面前的桌子上堆滿了公文和信件，使得他極其驚恐和焦慮。他已有幾個星期沒笑過，此刻，他發出了笑聲。

「啊，」他說，「她年紀每大一歲，就變得更加有意思了。上帝保佑這宗生意順順當當，我就可以抽空回國去看看她。此刻，只要有她的小胳臂摟住我的脖子，我任何什麼東西都願意給！任何什麼東西都願意給！」

她的生日將要舉行盛大慶祝。教室要裝飾一新，還要開生日宴會。要用隆重的儀式打開裝著禮物的盒子，在明欽小姐的不可隨意闖入的房間裡，將擺出豐盛的點心。當這一天到來時，全校都沉浸在極度興奮之中。不知不覺上午就過去了，因為有許許多多準備工作要做。教室裡點綴著冬青枝的花環；課桌都搬開了，房間四周靠著牆壁排列著長凳，都鋪上了紅色的椅墊。

上午莎拉走進起居室，發現桌子上有一個厚厚的小包裹，外面用牛皮紙包著。她知道這是一件禮物，並且猜得出這是誰送的。她輕輕地解開紙包。這是個方形的針插，是用一塊不大乾淨的紅色法蘭絨做成的，上面插著許多枚黑色的針，排出：「祝你長壽」的字母。

「啊！」莎拉喊了一聲，心裡感到一陣溫暖。「她費了多大工夫啊！我太喜歡它了，它簡直讓我心疼！」可是，緊接著她就迷惑不解了。針插的下側繫著一張名片，上面整整齊齊寫著一個

名字——「阿米莉亞小姐」。

莎拉反覆地看著卡片。「阿米莉亞小姐！」她心裡想。「這怎麼可能呢！」

正在這個時候，她聽見有人小心翼翼地推開房門，她看見貝琪正在向房裡窺視。

貝琪咧開嘴，露出深情、幸福的笑容，接著她拖著腳走上前來，忐忑不安地搓弄著手指頭。

「你喜歡它嗎，莎拉小姐？」她說。「喜歡嗎？」

「喜歡它？」莎拉喊道。「親愛的貝琪，你全是自己做的嗎？」

貝琪情緒異常激動，她高興地吸了

一口氣，眼睛因為喜悅而變得潤濕了。

「這東西只不過是法蘭絨，而且不是新的；可是我想送你一樣東西，我就開了幾個夜工。我知道，你會假裝當它是緞子做的，上面插著鑽石別針。我在做這個針插的時候也這麼假裝過。那張名片呢，小姐，」她遲疑地說，「我是從垃圾箱裡把它撿起來的，這不是我的錯吧，對嗎？阿米莉亞小姐把它丟掉的。我自己沒有名片，但我知道，如果不繫上一張名片，就不算是正式的禮物——所以我就把阿米莉亞小姐的名片給繫上啦！」

莎拉向她撲過去，緊緊擁抱她。她講不清楚為什麼喉頭會哽住了。

「啊，貝琪！」她高聲說，帶著奇特的笑聲。「我愛你，貝琪——我真的愛你！」

「啊，小姐！」貝琪歎了口氣。「謝謝你，小姐，你真好；這東西不值得你的誇獎。這塊法蘭絨不是新的……」

第七章・鑽石礦（二）

下午，當莎拉走進掛著冬青枝的教室時，她是排在隊伍的第一位。明欽小姐穿著最貴重的絲綢長裙，挽著她的手領她進去。後面跟著一個男僕，手裡捧著裝著「最後的娃娃」的盒子，一個女僕拿著另一個盒子，貝琪拿著第三個盒子走在最後，她繫著一條乾淨的圍裙，戴著一頂新帽子。莎拉原想像平時一樣走進教室，可是明欽小姐派人叫她到她個人的起居室去，跟她談了一會兒，提出了自己的願望。

「今天的盛會非比尋常，」她說。「我不想把它辦得平平常常的。」

因此，明欽小姐鄭重地領著莎拉進去，她一進教室，大女孩都盯住她看，互相碰碰胳臂肘，而小女孩都開始在座位上高興地扭動起來，讓莎拉感覺很不好意思。

「靜一靜，年輕的女士們！」明欽小姐說，因為教室裡發出了嗡嗡的低語聲。「詹姆斯，你把盒子放在桌子上，把盒蓋拿掉。艾瑪，你把手裡的盒子放在椅子上。貝琪！」她突然嚴厲地喊著。

貝琪由於興奮而差不多有點忘乎所以了，她朝著洛蒂咧開嘴笑，而洛蒂正在扭動著身子，欣喜若狂地盼望看好戲。明欽小姐的責怪的聲音嚇了她一大跳，她趕緊行了個屈膝禮表示歉意，她那害怕的樣子非常滑稽，拉維妮亞和潔西都吃吃笑起來。

「你朝年輕的女士們看是不合你的身份的，」明欽小姐說。「你忘了自己是什麼人了。把盒子放下。」

貝琪驚恐小心地急忙照辦了，並且趕緊退到門口去。

「你們可以走了。」明欽小姐揮一揮手，向幾個僕人宣佈。

貝琪恭敬地往側橫跨一步，讓地位較高的僕人先出去。她禁不住向桌上的那個盒子投去渴望的一瞥。從包裝紙的縫隙裡，看得見裡面的東西是藍緞子做的。

「對不起，明欽小姐，」莎拉突然說，「貝琪可以留下嗎？」

這句話問得很大膽。明欽小姐不由得微微一怔。她把眼鏡扶正，不安地注視著她這個裝璜門面的學生。

「貝琪！」她喊道。

「我親愛的莎拉！」

莎拉向她前進了一步。

「我要她留下，因為我知道她喜歡看看這些禮物，」她解釋說。「她也是一個小姑娘，你知道。」

明欽小姐覺得無比反感。她望望莎拉，再望望貝琪。

「我親愛的莎拉，」她說，「貝琪是個小雜務工。雜務工——呃——不等於是小姑娘。」她確實從來沒有把雜務工看作是小姑娘。雜務工就是搬煤桶和生火的機器。

「可是貝琪是小姑娘，」莎拉說。「我知道她會感到快活的。請允許她留下吧——因為今天是我的生日。」

明欽小姐非常莊嚴地回答：

「由於你提出這個要求作為生日的特殊照顧——那就允許她留下。麗貝卡，謝謝莎拉小姐對你的盛情厚意。」

貝琪已經退回房間的角落，揉著圍裙的下襬等候著，她又是高興，又是擔心。聽到此話，她便走上前來，向莎拉屈膝行禮，可是，莎拉和她的眼神裡互相傳遞著友誼和理解，她結結巴巴地說：

「哎，對不起，小姐！我真感激不盡，小姐！我確實想看看那個娃娃，小姐，我想看。謝謝你，小姐。也謝謝你，夫人。」——她轉身向明欽小姐害怕地行禮——「因為你允許我這樣放肆。」

明欽小姐又揮一下手——這次是朝著靠近門的那個角落。

「過去站在那裡，」她命令。「不要太靠近年輕的女士們。」

貝琪笑著走到她指定的地方。她只要在慶祝活動進行的時候，能有幸留在教室裡，不要到地下室去幹活，那麼隨便待在哪裡都行。甚至當明欽小姐發出警告似地清清嗓子，再次開口說話，她也不在乎了。

「現在，年輕的女士們，我有幾句話要對你們說。」明欽小姐宣佈。

「她又要作一番演說了，」一個女孩悄悄說。「但願她快點講完。」

莎拉感覺相當不舒服。因為這是她的生日宴會，演說大概要談到她。站在教室裡，聽別人作演說談論你，可不是一件令人愉快的事情。

「你們都知道，年輕的女士們，」演說開始了——不管怎樣總算是演說——「親愛的莎拉今天十一歲了。」

「親愛的莎拉！」拉維妮亞低聲說。

「在這裡，你們中間有幾個人也已經十一歲了，但是莎拉的生日跟其他小姑娘的生日有很大區別。因為她長大以後，將要繼承一筆巨大的財富，她的職責是，以一種有價值的方式去使用那筆財富。」

「鑽石礦！」潔西悄悄說，格格地笑著。

莎拉沒聽見潔西說的話；她站在那裡，綠灰色的眼睛牢牢盯住明欽小姐，感到混身燥熱。明欽小姐講到錢的時候，不知怎麼莎拉總是覺得討厭她——當然囉，討厭大人是一種無禮的行為。

「當她親愛的爸爸，克魯上尉，把她從印度帶來，交給我照管的時候，」演說繼續著，「他開玩笑似地對我說，『我恐怕將來她會很有錢，明欽小姐。』我的回答是，『她在我校所受的教育，克魯上尉，必然會使最巨大的財富更為生色。』莎拉已成為我的最有成就的學生。她的法語和舞蹈為我校增了光。她的行為舉止是十全十美的——為此你們把她叫做莎拉公主。她待人親切和藹，從今天她邀請你們參加生日宴會就充分表現出來。我希望你們對她的慷慨好客表示感激。我希望大家一起高聲說，『謝謝你，莎拉！』，以此來表示你們的感激！」

全體學生一起站起來，就像莎拉第一天到校那個早晨，她對此記憶猶新。

「謝謝你，莎拉！」全體學生說，洛蒂更是樂得跳跳蹦蹦。起初莎拉看來有點不好意思。然後她屈膝行禮——姿態非常優美。

「謝謝大家，」她說，「光臨我的生日宴會。」

「確實做得漂亮，莎拉，」明欽小姐誇獎她。「當民眾向公主歡呼時，真正的公主正是這樣做的。拉維妮亞，」——她尖刻地說——「你剛才發出來的聲音好像是在嗤笑。如果你妒忌你的同學，那麼我要求你，以更加符合淑女風度的方式，來表達你的感情。現在，你們就自己高興地玩吧。」

她剛剛昂首闊步走出房間，她在場對孩子們產生的鎮懾作用，便一下子消失了。門剛一關上，孩子們都離開了座位。小女孩從座位上跳下來或是翻滾下來；年紀較大的孩子也爭分奪秒地離開了座位。她們都向禮物盒子衝過去。莎拉正高興地看著一個盒子。

「這些是書，我知道。」她說。

幾個幼兒遺憾地咕噥著，亞門加德驚訝得目瞪口呆。

「你爸爸送書給你作為生日禮物嗎？」她尖聲喊叫。「嗨，他和我的爸爸一樣壞。不要翻開來看；莎拉。」

「我喜歡它們。」莎拉笑著說，但是她轉向了那個最大的盒子。當她把最後的娃娃取出來的時候，那娃娃是如此的豪華漂亮，孩子們都高興地發出驚嘆，向後退去，屏住呼吸，欣喜若狂地凝視著她。

「她幾乎和洛蒂一樣大！」有人喘著氣說。

洛蒂拍著手，嘻笑著跳起舞來。

「她這身衣服是上劇院時穿的，」拉維妮亞說。「她的外衣鑲著白鼬皮。」

「啊！」亞門加德向前衝過去，「她手裡拿著一架觀劇鏡——藍色夾著金色。」

「這是她的箱子，」莎拉說。「我們來打開它，看看她的東西。」

她坐在地板上轉動鑰匙。孩子們鬧烘烘地擠在她周圍，她從箱子裡端出一盤又一盤的東西。教室裡從來沒有像這一天這樣喧鬧。莎拉從盒子裡取出了花邊領圈、長絲襪和手帕；還有一只首飾盒子，裡面有一條項鍊和一件冕狀頭飾，看上去都像用真的鑽石製成；還有一件海豹皮長斗篷和手筒；還有舞會服裝、步行便服和訪客服裝；還有帽子、茶會女禮服和扇子。就連拉維妮亞和潔西都忘記自己已經過了玩娃娃的年齡，也在高興地發出讚嘆，拿起一些物件來欣賞。

「假定，」莎拉說，她站在桌子旁邊，把一頂很大的黑天鵝絨帽子戴在所有這些豪華物品的主人——她正沒有感情地微笑著——的頭上，「假定她理解人們的談話，並且因為受到愛慕而感到驕傲。」

「你老是假定一些東西。」拉維妮亞說，她的神情極其傲慢。

「我知道我常這麼做，」莎拉平和地說。「我喜歡這樣。沒有任何東西比作出假定更有意思。它幾乎就像在做一個仙女。如果你盡力假定一樣東西，它就好像是真的一樣。」

「如果你什麼東西都有，那麼你很容易作出各種假定，」拉維妮亞。「可是如果你是個乞丐，住在閣樓裡，你還能假定什麼、假裝什麼嗎？」

莎拉停止整理最後的娃娃的鴕鳥毛，看上去若有所思。

「我認為我可以，」她說。「如果誰變成一個乞丐，那麼他就不得不老是假定和假裝。可是這也許不容易。」

以後她常常想，這事兒有多麼奇怪，她剛剛講完這句話——恰恰在這個時候——阿米莉亞小姐走進了教室。

「莎拉，」她說，「你爸爸的律師，巴羅先生，登門拜訪明欽小姐，由於她要單獨跟他談話，那些點心又放在她的起居室裡，所以你們大家最好過去吃點心，這樣，我的姊姊就可以在教室裡跟客人談話。」

不論什麼時候，點心總是受歡迎的，孩子們的眼睛都放出了光彩。阿米莉亞小姐把學生的隊伍整頓好，讓莎拉站在她身旁，領著她們離開了教室，剩下最後的娃娃坐在椅子上，她的豪華的物品散佈在她四周；連衣裙和上衣掛在椅背上，一疊疊的鑲花邊的套裙放在學生的座位上。

貝琪沒有吃點心的份兒，可是她輕率地決定再逗留片刻，看看這些珍品——她這麼做真是太莽撞了。

「回去幹活去，貝琪！」阿米莉亞小姐剛才吩咐過她；可是她卻停下腳步，先恭恭敬敬拿起一只暖手筒，接著，又拿起一件上衣。正當她愛慕不已地觀賞這些衣服的時候，突然聽見明欽小姐就要跨進門檻，這下可把她給嚇壞了，心想準要因為行為越軌而挨一頓臭罵，她急忙往桌子底下一鑽，桌布剛好把她遮住。

明欽小姐走進教室，伴隨她的是一位五官輪廓分明的、乾癟的小個子紳士，他顯得相當不安。明欽小姐本人看上去也很不安，她煩躁而困惑地注視著那位紳士。

她以生硬莊重的態度坐下來，向他擺了擺手。

「請坐，巴羅先生。」她說。

巴羅先生沒有立即坐下。他的注意力好像被最後的娃娃以及她周圍的東西吸引過去了。他把眼鏡扶正，露出神經質的、不贊成的神色。最後的娃娃自己看來對此毫不介意。她只是直挺挺地坐著，呆呆地朝著他看。

「一百英鎊！」巴羅先生簡單明瞭地說。「全部用貴重的材料，找了一個波斯時髦女式裁縫做的。他花錢真夠大方的，那個年輕人。」

明欽小姐感到有點生氣。他的話好像在詆毀她的最好的贊助人，這是越軌的。

就連律師也沒有權利越軌。

「請原諒，巴羅先生，」她生硬地說。「我不明白。」

「生日禮物，」巴羅先生以同樣的批評語氣說，「送給一個十一歲的小姑娘！我把這個叫做——極端的揮霍無度！」

明欽小姐坐得更加僵直了。

「克魯上尉擁有大筆財富，」她說。「單單拿鑽石礦來說——」

「鑽石礦！」他突然大叫。「沒有什麼鑽石礦！從來沒有過！」

明欽小姐猛然從椅子裡站起來。

「什麼！」她喊道。「你是什麼意思？」

「至少，」巴羅先生沒好氣地回答，「如果從來沒有過鑽石礦，情況就會好得多。」

「沒有鑽石礦？」明欽小姐脫口而出，抓住一張椅子的椅背，感到一個輝煌的美夢正在慢慢消失。

「鑽石礦帶來破產，要比帶來財富的機會更多，」巴羅先生說。「當一個人處於他的一個知心朋友的支配之下，自己又不懂生意經的話，那麼知心朋友的鑽石礦他就最好別去沾邊。是什麼金礦呀，或是知心朋友要他投資的任何其他礦呀，都不要去沾邊。已故克魯上尉——」

明欽小姐呼吸急促地制止了他。

「已故克魯上尉！」她喊道，「已故！難道你來是告訴我克魯上尉已經——」

「他死了，夫人，」巴羅先生急促而不耐煩地說。「死因是叢林熱加上生意上的麻煩。如果生意上的麻煩沒有逼得他走投無路，叢林熱可能不會置他於死地；而如果不是叢林熱一直不退，生意上的麻煩可能也不至於奪去他的生命。克魯上尉死了！」

明欽小姐重新倒在椅子裡。他的話使她萬分驚恐！

「他有什麼生意上的麻煩？」她問。「什麼麻煩？」

「鑽石礦，」巴羅先生回答，「還有知心朋友——還有破產。」

明欽小姐透不過氣來了。

「破產！」她上氣不接下氣地說。

「一個子兒都沒剩下。過去那個年輕人錢太多了。他那個知心朋友對鑽石礦的計劃達到狂熱程度。他把自己全部的錢和克魯上尉全部的錢都投了進去。接著，這個朋友逃跑了。消息傳來時，克魯上尉已經在發高燒。對他來說，這個打擊太大了！他死的時候神志昏亂，說的胡話盡是念念不忘他的小女孩兒——他一個子兒都沒留下。」

現在明欽小姐明白了，她生平從未遭受過如此沉重的打擊。她那個裝門面的學生和裝門面的家長，一下子就煙消雲散了。她感到被人欺侮了，被人搶了，而且克魯上尉、莎拉和巴羅先生三個人應該承擔同等的責任。

「你是否想告訴我，」她喊道，「他一個子兒也沒留下？莎拉不會有任何財產？那個孩子成了窮光蛋？留下來讓我照管的是一個小乞丐，而不是遺產繼承人？」

巴羅先生是一個精明的生意人，他覺得最好抓緊時間說清楚，他與此事毫無瓜葛。

「她當然成了窮光蛋，」她回答。「同時她當然得由您來照管，夫人，因為據我們瞭解，她在這個世界上一個親戚也沒有。」

明欽小姐向前走了一步。她似乎要打開房門，衝出教室，去制止孩子們興高采烈分享點心的慶祝活動。

「真是太不像話了！」她說。「此刻，她正在我的起居室裡，身穿薄綢裙子和鑲花邊套裙，她開宴會，我來付錢。」

「如果她在開宴會的話，夫人，的確是由您來付錢，」巴羅先生冷靜地說。「巴羅和斯基普威思律師事務所對任何事情概不負責。沒有一個人的財產像他那樣花得精光。

「克魯上尉死了，連我們的最後一張賬單都沒付——數字還不小呢！」

明欽小姐從門口轉過身子，她的火氣更大了。情況更比任何人所能想像的更糟。

「讓我碰上這樣的倒楣事情！」她喊道。「以前他付賬我是有把握的，因此我負擔了這孩子的各種荒唐的開支。我付錢買了那個玩具娃娃和那些荒唐的華麗衣服。這個孩子必須擁有她想要的一切東西。她有馬車、小馬和女僕，自從上次支票來過，一直是我在付錢。」

巴羅先生在闡明了事務所的觀點，敘述了枯燥的事實以後，顯然不想再留下來聽明欽小姐訴苦。他對惱火的寄宿學校管理人並未寄予特別的同情。

「您最好不要為別的東西付錢了，夫人，」他說，「除非您想送禮物給這個小女孩。沒有人會感謝您的。她自己連一個銅板也沒有。」

「我該怎麼辦？」明欽小姐問，好像她認為他完全有責任把這個問題妥善解決。「那，我該怎麼辦？」

「沒有什麼辦法，」巴羅先生說，一邊收起眼鏡，把它放在口袋裡。「克魯上尉死了。這個孩子成了乞丐。除了您之外，沒有人為她負責。」

「我不為她負責，並且我決不讓別人把責任強加在我頭上！」

明欽小姐氣得臉色煞白。

巴羅先生轉身要走。

「這件事情和我沒有關係，夫人，」他冷漠地說。「巴羅和斯基普威思律師事務所是不負責任的。當然，發生這樣的事情我們感到很遺憾。」

「如果你以為可以把她硬塞給我，你就大錯特錯了！」明欽小姐氣喘吁吁地說。「我上當受騙，遭受了巨大損失，我要把她趕到街上去！」

如果她沒有發那麼大的火，她就會謹慎小心，不會講那麼多的話。因為她發現，那個從小養尊處優的孩子，那個她一直懷恨在心的孩子，現在已成了自己的沉重負擔，於是，她完全喪失了自我控制的能力。

巴羅先生泰然自若地向門口走去。

「我可不會那樣做，夫人，」他對此發表意見，「那樣看起來不好。外面會傳說有關學校的不愉快的新聞。有一個學生身無分文，又沒有朋友，被趕出了校門。」

他是一個聰明的生意人，他知道自己的意思。他也知道明欽小姐是一個女生意人，她是夠精明的，會看清事實。她決不會去做一件事情，讓別人說她是冷酷無情、鐵石心腸。

「最好是把她留下，派點什麼用場，」他補充說。「她是一個聰明的孩子，我想。她年紀再大一點兒，您就可以從她身上得到許多東西。」

「沒等她長大，我就要從她身上得到許多東西！」明欽小姐尖聲喊叫。

「我肯定您會得到的，夫人！」巴羅先生說，惡意地微微一笑。「我肯定您會得到的。再見！」他鞠了一躬，退出教室，把門關上。

好一會兒，明欽小姐站著不動，憤怒地瞪著房門。他說的話是實情。她瞭解這一點。她沒有任何補救辦法。她這個裝門面的學生已經不復存在，只留下一個沒有朋友、一貧如洗的小女孩。她墊付的那些錢已經完全消失，無法取回了。

她氣急敗壞地站在那裡，感到十分委屈，忽然，一陣歡樂的喧鬧聲，從她的私人會客室傳入她的耳鼓，慶祝活動正在繼續進行。至少，她可以制止這項活動。

可是當她舉步朝門口走去時，阿米莉亞小姐打開了門。她看見明欽小姐神色大變、滿臉怒火，不由得驚恐地後退一步。

「出什麼事啦，姊姊？」她急忙問。

明欽小姐回答時聲音裡簡直殺氣騰騰：

「克魯・莎拉在哪裡？」

阿米莉亞小姐給弄糊塗了。

「莎拉？」她結結巴巴地說。「咦，她當然和孩子們在一起，在你的房間裡囉！」

「她那些豪華的衣服裡有沒有一件黑連衣裙？」語調是刻薄譏諷的。

「黑連衣裙？」阿米莉亞小姐又開始結巴起來。「要黑顏色的嗎？」

「別的顏色的連衣裙她統統都有。黑的她有沒有？」

阿米莉亞小姐的臉色變白了。

「沒有——啊，有！」她說。「但是她穿太短了。她只有一件舊的黑天鵝絨連衣裙，她已經穿不下了。」

「你去告訴她，把那件不成體統的粉紅色綢裙子脫掉，穿上這件黑的，不管它短不短，她再也別穿什麼漂亮衣服啦！」

聽見這話，阿米莉亞小姐搓揉著一雙胖手，哭出聲來。

「啊，姊姊！」她哽咽著。「啊，姊姊！究竟出什麼事了？」

明欽小姐不說一句廢話。

「克魯上尉死了，」她說。「他沒留下一個子兒。那個被寵壞的、嬌生慣養的、老愛空想的女孩，現在成了叫花子，還得由我來管。」

阿米莉亞小姐沉重地倒在最靠近的一張椅子裡。

「我為她花了好幾百英鎊，盡是些烏七八糟的東西。將來我一個便士也收不回來。馬上停止這個荒唐的生日宴會！叫她馬上換掉裙子！」

「我？」阿米莉亞小姐喘著氣問。「現在我就得去告訴她？」

「馬上去！」又是凶狠的聲音。「別像隻呆鵝似的，坐在那裡乾瞪著眼。去啊！」

可憐的阿米莉亞小姐被稱作呆鵝，對此她已經習慣了。她知道，實際上她真像一隻呆鵝，而大量的不愉快的事情總是留給呆鵝去做的。讓她去到那些興高采烈的孩子們中間，告訴生日宴會的主人說，她已經變成一個小叫花子，她得上樓去，穿上那件已經嫌人的、舊的黑連衣裙，這樣的事情使她感到十分為難。但是事情必須去做。眼下顯然不是提問題的時候。

她拿出手帕揩眼睛，把眼睛都揉紅了。然後她站起身子，走出教室，不敢再多說一句話。她姊姊剛才的臉色和語氣已經告訴她，最聰明的辦法是服從命令，不要多嘴。明欽小姐在教室裡慢步走著。她大聲自言自語，自己未曾覺得。去年的時候，鑽石礦為她提供了各種各樣的機會。只要鑽石礦的老板肯幫忙，連女子學校的所有人也可以搞到股票發大財。可是現在呢，她不用盼望發財，只好回頭算一算賠了多少錢。

「莎拉公主，不錯！」她說。「這孩子嬌生慣養得就像個公主！」

她說這話時，正怒氣沖沖地走過教室角落裡的那張桌子，緊接著，桌布下面發出了一聲響亮的抽泣，使她嚇了一跳。

「什麼人？」她惱火地叫道。下面又傳來一聲抽泣，於是她彎腰掀開桌布察看。

「你怎麼敢！」她呼喝著。「你怎麼敢！馬上給我出來！」

貝琪從桌子底下爬了出來，帽子碰著桌子歪向一邊。她剛才強壓著哭聲，把臉脹得通紅。

「對不起，夫人——是我，夫人，」她解釋說。「我知道不應該這樣。可是剛才我正在看那

個娃娃，夫人——你走進教室我很害怕——就鑽到桌子底下去了。」

「你一直在桌子底下偷聽我們講話？」明欽小姐說。

「不，夫人，」貝琪否認著，一邊不斷行禮。「不是在偷聽——我想趁你不注意就溜出去的，可是沒能脫身，只好待在那裡。可是我沒偷聽，夫人——我隨便怎麼樣也不會偷聽的。可是我的耳朵沒法不聽進去。」

突然她好像一點不怕面前這位威嚴的夫人了。她又抽泣起來。

「啊，對不起，夫人，」她說，「我敢說你會停止僱用我的，夫人——可是，可憐的莎拉小姐讓我太難過了——我真難過啊！」

「滾出去！」明欽小姐命令。

貝琪又行了一個禮，眼淚不加掩飾地從臉頰上滾下來。

「好，夫人，我出去，夫人，」她渾身顫抖地說，「可是，啊，我想請問你：莎拉——她一直是很有錢的小姐，一直有人伺候，從頭到腳；但現在她可怎麼辦，夫人，沒有一個女僕？如果，啊，對不起，你允許我在幹完活以後去伺候她好嗎？如果你允許我去伺候她，我會很快把活幹完，因為她現在沒錢了。啊！」——她又痛哭起來——「可憐的莎拉小姐，夫人——以前大家都叫她公主哇！」

不知怎麼，她使明欽小姐的怒火竄得更高了。這個小雜務工竟敢站在莎拉一邊——她現在已經徹底明白，她從來沒喜歡過莎拉——這實在太過分了。她斷然地跺跺腳。

「不行——當然不行，」她說。「她可以自己伺候自己，還要伺候別人呢。馬上滾出教室去，不然的話，就滾出學校去。」

貝琪把圍裙蒙在頭上逃了出去。她跑下樓梯，跑進洗滌室，坐在瓶瓶罐罐中間傷心地哭著，好像她的心就要碎了。

「完全和故事裡一模一樣，」她悲痛地說。「這些可憐的公主，被趕到人世間來。」

明欽小姐派人傳話給莎拉，幾小時後，莎拉遵命來到她的跟前，明欽小姐的臉色從來沒有這樣的平靜和冷酷無情。

到了這個時候，甚至莎拉都覺得，好像生日宴會要嘛就是一場夢，要嘛就是許多年以前發生的事情，而且是另一個小女孩的生日。

慶祝活動的每一個標記都已去除；教室牆壁上的冬青枝拿下來了，長凳和課桌放回了原處。明欽小姐的起居室的氣氛和平日一樣，連一絲兒喜慶的痕跡都沒有，明欽小姐已換上了日常的衣服。學生們都遵從命令，把宴會服裝收藏起來；換好衣服以後，她們就回到教室裡，三三兩兩聚在一起，激動地議論紛紛。

「關照莎拉到我房裡來，」明欽小姐對她妹妹說。「給她講清楚，我見不得眼淚鼻涕大吵大鬧的。」

「姊姊，」阿米莉亞小姐回答，「我看見過的孩子當中，算她最奇怪了。她確實從來不大驚小怪。你記得，克魯上尉回印度去，她就沒吵過。我告訴她發生什麼事情以後，她只是靜靜地站著，一聲不響地看著我。她的眼睛好像睜得越來越大，臉色變得很蒼白。我講完以後，她還稍許站了一會兒，接著，她的下巴開始顫抖起來，她掉轉頭跑出房間，跑到樓上去了。另外有幾個孩子哭了，可是她好像沒聽見她們哭，好像任何東西她都不注意，只在聽我講話。她不回答我，使我感到很奇怪；你講了突如其來的意外事情以後，預料對方總會說點什麼——不管是說什麼。」

莎拉奔上樓去，鎖上房門以後，她房裡發生了什麼事情，就只有莎拉自己知道了。

事實上，她什麼都記不得了，她只是走來走去，用一個不大像自己的聲音反覆說著：「我的爸爸死了！我的爸爸死了！」

一次，她在艾蜜莉面前停下來，艾蜜莉正坐在椅子上望著她，她對著那個娃娃狂叫：「艾蜜莉！你聽見沒有？你聽見嗎——爸爸死了！他死在印度——死在萬里之外！」

她聽從明欽小姐的召喚，來到她的起居室時，臉色蒼白，眼睛四周有兩個黑圈。她緊閉著嘴，似乎不願表明她已經遭受和正在遭受什麼痛苦。她剛才還像隻玫瑰色的蝴蝶，在那個裝飾一新的教室裡，從一件寶貴的禮物飛向另一件禮物，此刻，簡直是換了一個人。她看上去是個奇怪、孤獨、幾乎是醜陋的小傢伙。

她沒有瑪麗葉的幫助，自己穿好那件已經收藏起來的黑天鵝絨連衣裙。衣服太短，也太緊，她的細長的雙腿暴露在短裙子底下，看上去更顯得又瘦又長。因為她找不到一根黑色緞帶，所以她短而濃密的黑髮鬆散地披在臉頰旁，與蒼白的臉色形成強烈的對比。她用一隻手緊緊抱著艾蜜莉，艾蜜莉身上包裹著一塊黑布。

「把娃娃放下，」明欽小姐說。「你把她帶到這裡來是什麼意思？」

「不，」莎拉回答。「我不放下。我只有她了。她是我爸爸給我的。」

她經常使明欽小姐暗暗感到不舒服，此刻又是這樣。她說話的態度並不粗魯，而是冷靜堅定，使明欽小姐感到很難對付——也許因為她知道，她正在做一件狠心的、沒有人性的事情。

「以後你沒有時間玩娃娃了，」她說。「你得幹活，學點本事，做點有用的事情。」

莎拉的奇特的大眼睛盯住她看，一句話也不說。

「現在一切都截然不同了，」明欽小姐繼續大聲地說。「我想，阿米莉亞小姐已經給你講清楚了。」

「是的，」莎拉回答說。「我爸爸死了。他沒留下錢給我。我很窮了。」

「你成了叫花子啦，」明欽小姐說，想到其中的含意，她又來了火。「看來你沒有親戚、沒有家，也沒有人可以照顧你。」

莎拉的瘦削、蒼白的小臉抽動了一下，但她仍舊一言不發。

「你呆呆的在看什麼？」明欽小姐嚴厲地說。「難道你這麼笨，還不懂嗎？我告訴你，你在世界上舉目無親，沒有人可以幫你的忙，除非是我願意出於仁慈之心，把你留下來。」

「我懂，」莎拉低聲說；她喉嚨裡發出了一個聲音，好像把湧上來的一樣東西咽了下去。

「我懂——」

「那個娃娃，」明欽小姐高喊，指著坐在旁邊的那個華麗的生日禮物——「那個荒唐的娃娃，跟她全部的荒唐、奢侈的物品——都是我付的錢！」

莎拉轉過臉看著那個娃娃。

「最後的娃娃！」她說。「最後的娃娃！」她的憂傷的小嗓子聽上去很古怪。

「最後的娃娃，不錯！」明欽小姐說。「她是我的，不是你的。你所有的一切都是我的。」

「那麼，請你把它拿走，」莎拉說。「我不要它。」

如果她又哭又叫，露出害怕的樣子，明欽小姐對待她也許會更加耐心一點。她是這樣一個女人，喜歡盛氣凌人，意識到自己的權力，可是，當她看見莎拉蒼白、堅定的小臉，聽見她不失尊嚴莊重的小嗓子，就感到也許自己正在受到藐視。

「不要擺出傲慢的架子，」她說。「擺架子的日子已經過去了。你不再是一個公主了。你的馬車和小馬要送走——你的女僕要辭退。你要穿你最舊、最普通的衣服——你那些豪華的衣服和你目前的地位不相稱。你就像貝琪——你必須幹活來養活自己。」

使她驚奇的是，那孩子的眼睛裡出現了一線微弱的光芒——寬慰的表情。

「我可以幹活嗎？」她說。「要是我可以幹活，問題就不大了。我能做點什麼呢？」

「叫你做什麼、你就做什麼，」明欽小姐回答。「你很聰明，學東西很快。如果你成為有用的人，我可以讓你留下。你的法語說得很好，你可以幫助年幼的孩子們。」

「我可以嗎？」莎拉高聲說。「啊，請允許我去幫助她們吧！我知道我能教她們。我喜歡她們，她們也喜歡我。」

「別說有人喜歡你這類廢話！」明欽小姐說。「除了教幼年學生以外，你還得幹別的活。你得在廚房裡和教室裡跑腿打雜。如果你讓我不滿意，我就要把你送走。記住囉！現在你走吧！」

莎拉站著不動，望著明欽小姐。在她年輕的心靈裡，她正在思考一些深刻和奇特的東西。然後她轉身離開。

「站住！」明欽小姐說。「你不想要謝謝我嗎？」

莎拉停下腳步。全部深刻和奇特的東西在她的胸膛裡洶湧翻滾。

「為什麼？」她說。

「為了我對你的一番好意，」明欽小姐說。「為了我好心地讓你有個家。」

莎拉朝著她前進了兩、三步。她那瘦削的小胸膛上下起伏著。她說話的語氣顯得奇怪而兇狠，不像是個孩子。

「你沒有好心，」她說。「你沒有好心，這兒也不是我的家。」說完，她就轉身跑出房間，明欽小姐來不及阻止她或是作出其他反應，只好乾瞪著眼、鐵板著臉，生著悶氣。

莎拉慢慢走上樓梯，可是仍舊在喘氣，她把艾蜜莉緊緊抱在懷裡。

「但願她會說話就好了，」她心裡想。「要是她會說話多好——要是她會說話多好！」她原想走進自己的房間，躺在虎皮上，把臉頰貼在那隻大貓的頭上，望著爐火，想啊想啊想的。可是她剛剛走到樓梯口，阿米莉亞小姐就從她的房裡出來，隨手把門關上，她站在門口，看上去有點緊張不安。實際上，她是為了奉命去做那件事情暗中感到羞愧。

「你——你不可以進那個房間。」她說。

「不可以進？」莎拉喊出聲來，倒退了一步。

「現在這房間不是你的了。」阿米莉亞小姐回答，臉微微有點兒紅。

不需多說，莎拉立刻就懂了。她明白，這就是明欽小姐所說的改變的開始。

「我的房間在哪裡？」她問，盡量希望自己的嗓音不要顫抖。

「你要住在閣樓裡，貝琪隔壁的一間。」

莎拉知道那個地方。貝琪曾經對她談起過。她轉過身，登上了兩段樓梯。最後一段樓梯很狹窄，鋪著破破爛爛的舊地毯。她覺得，自己正在離開原先的那個世界，正在把它遠遠拋在後面，那兒曾經住過另外一個孩子，而不是她自己。此刻，她穿著又短又緊的舊裙子，爬上樓梯鑽到閣樓裡去，完全是換了一個人了。

她來到閣樓門口，打開房門，心裡沮喪地「格登」一跳。然後她關上房門，背靠門站著，四下打量起來。

是啊，這是另一個世界。屋頂是個斜坡，用石灰水刷過。石灰已經泛黃，有幾處已經脫落。壁爐鏽跡斑斑。一張舊的鐵床架子，一副硬床墊，鋪著褪色的床罩。有些家具太舊了，樓下不便使用，就存放在這裡。從屋頂的天窗往外看，沒有別的東西，只有一片長方形的、陰暗的灰色天空，天窗下面，放著一張破損的紅色板凳。莎拉走過去坐在凳子上。她很少哭泣。此刻她也沒哭。她讓艾蜜莉橫躺在膝蓋上，把自己的臉伏在艾蜜莉身上，黑髮散亂的頭擱在黑色的衣褶上，雙臂抱住艾蜜莉，坐在那裡不說一句話，不發出一點聲音。

她這樣寂靜無聲地坐著的時候，門上傳來低低的叩門聲——聲音非常低、非常低聲下氣，她起初根本沒聽見。直到有人膽怯地推開房門，一張可憐的、掛滿淚水的臉窺探著四周，才把莎拉驚醒。這是貝琪的臉，她已經偷偷地哭了好幾個鐘頭了，她一直用廚房圍裙擦眼睛，看上去樣子很奇怪。

「啊，小姐，」她壓低聲音說。「我可以——你允許我——進來嗎？」

莎拉抬起了頭，看著她。她努力想微笑一下，但是沒笑出來。突然——完全是由於貝琪的淚汪汪的眼睛流露著的悲傷和愛——莎拉的臉看上去更像是一張孩子的臉，並不比她的年齡老氣多少。她伸出手，輕輕啜泣了一聲。

「啊，貝琪，」她說。「我跟你說過，我們是一樣的——不過是兩個小女孩——兩個小女孩。你看到這是千真萬確的。現在沒有區別了。我不再是一個公主了。」

貝琪跑到了她身邊，緊緊地抓住她的手，把它貼在自己的心口上，跪在她身旁，愛憐而痛苦地啜泣著。

「不，小姐，你是公主。」她斷斷續續哭著說。「不管你發生什麼事情——不管是什麼——你同樣是一個公主——沒有東西能夠使你變樣的。」

第八章・在閣樓裡

莎拉在閣樓裡度過的第一個夜晚，是她終生難忘的。隨著時間的消逝，她陷入了深深的、不是孩子應有的悲痛中，她對周圍的人們從來不去提起。沒有一個人會知道她是多麼的痛苦。幸運的是，當她在黑暗中清醒地躺著的時候，她的思想被迫時時被怪異的環境所分散；幸運的是，她的瘦小身軀提醒她注意到物質的東西。不然的話，她幼小心靈上的痛苦也許會過於巨大，讓一個孩子無法忍受。可是，說真的，當黑夜在她身旁慢慢經過時，她幾乎不知道她還有個軀體，同時，除了一件事情之外，別的她全忘記了。

「我的爸爸死了！」她不斷輕輕自言自語。「我的爸爸死了！」

過了很長時間，她才意識到，她的床非常硬，她在床上翻來覆去，想找個好睡覺的地方；四周一片漆黑，好像她經歷過的夜從來沒有這麼黑，風在屋頂上的煙囪中間呼嘯，像是什麼東西在嚎哭。有一件事情更糟——就是在牆壁裡面，踢腳板後面，傳出悉悉索索的跑動聲、搔扒聲和吱吱的叫聲，她知道那是什麼東西，因為貝琪曾經講過。那些聲音是老鼠發出來的，它們不是在打架，就是在嬉鬧。有一、兩次，她甚至聽見長著尖爪的腳在地板上急速奔跑。後來她回憶當初，她第一次聽見老鼠的聲音時，嚇得從床上跳了起來，渾身發抖，她再躺下時，把被子蒙住了頭。

她的生活，不是逐步發生一些點滴變化，而是頃刻間完成了天翻地覆的巨變。

「她必須開始幹活，就這樣幹下去，」明欽小姐對阿米莉亞小姐說。「必須馬上讓她懂得，她可以期望得到什麼。」

第二天早晨，瑪麗葉離開了學校。莎拉經過自己過去的起居室時，向裡面瞥了一眼，發現一切都變了樣。她的裝飾品和奢華物品都搬走了，在一個角落裡擺了一張床，把它改成一個新學生的臥室。

她下樓吃早飯的時候，看見原先她貼近明欽小姐的座位讓拉維妮亞占據了，明欽小姐對她說話的語氣是冷冰冰的。

「你的新工作從這裡開始，莎拉！」她說。「你坐到那張小桌子跟前去，跟幾個幼年的孩子坐在一起。你得讓她們保持安靜，注意讓她們守規矩，不要浪費吃的東西。你應該早一點下樓。洛蒂已經把茶打翻了。」

這就是她的開始，日子一天天過去，她的工作不斷增加。她教幼年學生法語，聽她們背其他功課，而這只是她工作中最輕鬆的一種。人們發現，可以從無數方面來利用她。任何時間、任何天氣、都可以讓她跑腿。其他人疏忽遺漏的事情，都可以叫她去做。廚師和女僕們學起了明欽小姐的腔調，很喜歡差遣這個長時間在學校裡引起轟動的「年輕的小傢伙」。他們不是有教養的僕役，既不懂禮貌，脾氣又不好，手邊有一個人，可以把過錯推到她頭上，當然是很方便的。

在第一、兩個月期間，莎拉以為，她順從地把事情盡量做好，受到責罵時不回嘴，也許會使逼得她很凶的那些人態度軟化一點。在她自尊的幼小心靈裡，她要人們看到，她正在努力掙錢養活自己，而不接受施捨。可是結果呢，她看到一個人也沒有軟化，她做得越是順從，那些粗心大意的女僕越是盛氣凌人、百般挑剔，那個愛罵人的廚師就越是動不動怪罪於她。

如果她年紀更大一點，明欽小姐原本會把大女孩讓她去教，這樣可以辭退一位女教員，節省一些開支；可是，儘管她看上去仍舊像個孩子，她卻有更大的用處，可以把她當作一個出色的小女僕隨意差遣、包攬雜務。一個普通的小男僕，比不上她這麼聰明和可靠。各種困難的任務、複雜的信息，都可以托付給她。她甚至會出門付賬，可是同時她又能夠把一個房間收拾的乾乾淨淨、整整齊齊。

她自己的功課成了過去的事情。沒有人教她任何東西，只有在聽從大家的差遣，忙碌了一整天以後，她才勉強被允許在晚上走進空無一人的教室，去啃一堆舊書。

「如果我不複習以前學過的東西，也許我可能會忘記它們，」她心裡想。「我簡直成了小雜務工，如果我什麼也不懂，那麼就可以和可憐的貝琪一樣了。我不知道，是否我會記性很壞，會開始漏掉每個詞首的字母兒，還會忘記亨利八世有六個妻子❶。」

在她新的處境之中，最稀奇古怪的事情之一，就是她在學生中間的地位的變化。過去她有幾分像一個王室小成員，而現在似乎根本不算是學生之一。她的活老是接二連三的幹不完，幾乎沒有機會去跟任何一個學生說話，她終於看出來，明欽小姐最好使她的生活同其他學生的生活斷絕聯繫。

「我不會讓她跟別的孩子親近說話，」明欽小姐說。「女孩子喜歡聽別人訴苦，如果她把自己的遭遇編一些傳奇的故事，她就會成為一個受到虐待的女主角，學生的家長就會產生誤解。最好是讓她過一種隔絕的生活——對她的處境比較相宜。我給她提供了一個安身之處，這已經超過了她有權利對我提出的要求。」

莎拉的要求不高，同時她有極強的自尊心，決不想繼續跟那些女孩親近，因為她們顯然感到很尷尬，並且對她的情況不太瞭解。實際上，明欽小姐的學生是一批遲鈍的、就事論事的小姑娘。她們習慣於過富裕、舒適的生活。莎拉的裙子逐漸顯得更短、更破舊、更難看了！腳上的鞋

❶ 亨利八世（一四九一～一五四七）英格蘭國王。

子有洞，每當廚子急需食品雜物，就差她提個籃子上街去買，這一切學生們都看在眼裡，因此，她們對她說話的時候，就把她看作是一個下手女僕。

「想想看吧，她以前是個有鑽石礦的女孩，」拉維妮亞發表議論。「她的樣子確實可笑。現在比以前更古怪。我一直不大喜歡她，反是現在她看著別人一句話不說的那股神氣，我可受不了——就好像她要把人看透似的。」

「我要把人看透，」莎拉一聽見她的話立即回答。「我朝有些人看的原因就是這樣。我想瞭解他們。以後再把他們反覆考慮。」

實際上，有好幾次，她盯住拉維妮亞看，倒給自己省掉了一些煩惱，因為拉維妮亞很愛惡作劇，對這個前模範學生玩一下惡作劇，當然是使她稱心如意的事情。

莎拉自己從不惡作劇，也不干預別人的事。她像做苦工那樣幹活；她提著包裹籃筐，在潮濕的路上奔走；她吃力地教那些精神不集中的幼兒學法語，當她的外表更加衣衫襤褸、孤苦伶仃的時候，就有人吩咐她到地下室去吃飯；她受到如此對待，好像沒有一個人關心她。這激發了她的自尊心，也使她感到痛苦，可是她從來不向任何人講述她的感受。

「勇士們是從來不發怨言的，」她會從牙縫裡迸出一句。「我也不發怨言，我要假裝現在正在作戰。」

但是，要不是因為有三個人的話，她那顆孩子的心，有時候也會因孤獨而破碎的。

第一個人當然是貝琪——正是貝琪。莎拉在閣樓裡度過的第一個夜晚，那整整一個夜晚，她想到，就在裡面老鼠在奔竄和吱吱叫的牆壁的另一側，還有一個年輕女孩，這就使她隱隱感到安慰。以後到了夜裡，這種安慰感更不斷增強。她倆白天很少有機會談話。各自都有活兒要幹，如果企圖談話，別人就會說她們磨洋工和浪費時間。

「如果我不說有禮貌的話，」第一個早晨，貝琪悄悄說，「你可別往心裡去，小姐。有些人聽見我對你說這樣的話要發火的。我是想說『請』、『謝謝』和『對不起』的，可是我不多費時間來說這些了。」

是在天亮以前，她總會溜進莎拉的閣樓，幫她扣好鈕釦，做好其他需要做的事情，讓她下樓到廚房去生火。黑夜來臨時，莎拉總會聽見低聲下氣的敲門聲，表明她的女僕又準備來幫她的忙。在她最初幾個星期的悲痛日子裡，莎拉覺得昏昏沉沉，連說話都不願意說，所以她倆起初見面不多，也不大串門。貝琪心裡想：當一個人遇到不幸的時候，最好別去打擾她。

三位安慰使者中的第二位是亞門加德，可是在亞門加德找到自己的適當位置以前，曾經歷一段曲折的過程。

當莎拉的心靈似乎重新甦醒過來，覺察到她周圍的生活時，她意識到，她已經忘記世界上還有一個亞門加德。她倆曾經是朋友，可是莎拉感到似乎她要大好幾歲。毫無疑問，亞門加德雖然愚笨，但是感情真摯。過去她依戀著莎拉，原因很簡單——她感到無依無靠。她把功課拿到莎拉跟前，讓莎拉幫助她；她傾聽莎拉說的每一個字，苦苦乞求她講故事。可是她自己沒有什麼有趣的事情可講，她又不喜歡所有的書本。事實上，如果有誰身處巨大災難之中，是不會記得她這樣一個人的。因此，莎拉把她忘記了。

而且因為亞門加德突然接到通知，要她回家去，她在家裡待了幾個星期，所以莎拉就更容易忘記她了。她回校以後，有一、兩天沒看見莎拉，第一次相遇是在走廊裡，莎拉正捧著一大堆衣服，要拿到樓下去縫補。莎拉已經學會了補衣服。她臉色蒼白，不像她自己，身穿那件古怪的、不合身的裙子，兩條黑色的細腿有一大截露在外面。

亞門加德面臨這樣的場面，反應很慢，不知怎麼應付。她想不出任何話來說。雖然她已經知道發生了什麼事。可是她無論如何想像不出莎拉會變成這個樣子——這樣的古怪、可憐，簡直像一個女僕。眼前的景象使她感到很難受，她只好神經質地乾笑一聲，沒有目的也沒有意義地大聲招呼：

「哎，莎拉，是你啊？」

「是啊！」莎拉回答，突然，一個奇怪的想法閃過腦際，她臉紅了。

她雙手捧著一大堆衣服，下巴壓在上面，使衣服不會落下。她直愣愣的眼神裡有某種東西，使亞門加德不知所措。她覺得，似乎莎拉已經變成另一個小女孩，她以前從來不相識。也許是因為她突然變成窮光蛋，不得不縫補衣服，像貝琪那樣幹活。

「啊，」她結結巴巴地說。「你——你好嗎？」

「不知道；」莎拉回答。「你好嗎？」

「我——我很好，」亞門加德說，感到非常不好意思。接著，她突然想出一句話來說，好像更加親切一點。「你——你非常不快活嗎？」她脫口而出。

於是，莎拉犯了一個過錯，她以不公平的態度對待亞門加德。此刻，她的撕裂的心翻騰著，她感到，如果有人笨到這個地步，那麼最好是離她遠一點。

「你以為怎麼樣？」莎拉說。「你以為我非常快活嗎？」她不再多說一句話，從亞門加德身旁大步走了過去。

經過一段時間，她意識到，如果她的不幸遭遇並未使她忘記往事，她早就應該知道，可憐的、遲鈍的亞門加德顯示出猶疑不決、侷促不安的態度，完全不能怪她。她的態度一直是侷促不安的，而且她越是覺察到這一點，就變得越是笨拙。

可是，突然掠過心頭的一個想法使她過分敏感了。

「她像別人一樣」莎拉想。

「她不是真的想跟我說話。她知道沒有人想這樣做。」

因此，一連幾個星期，在她們之間橫著一道障礙。每當她倆偶然相遇，莎拉就掉頭望著別處，亞門加德則侷促不安地不知怎樣啟口。有時候兩人互相點點頭，有時候乾脆不打招呼。

「如果她不願意跟我講話，」莎拉想。「我就不要再碰到她吧。明欽小姐作出這樣的安排是很容易的。」

明欽小姐當即作出了安排，最後，兩人就幾乎不見面了。這時候，別人注意到亞門加德比以前更笨，她看上去無精打采，悶悶不樂。她常常坐在窗座上，身子蜷曲起來，一言不發地望著窗外。有一次，潔西恰巧從旁經過，便停下來好奇地看著她。

「你為什麼哭啊，亞門加德？」她問。

「我沒哭！」亞門加德的嗓聲顫動而低沉。

「你是在哭，」潔西說，「一顆很大的淚珠剛才從你的鼻樑上滾下來，再以鼻子尖掉下來。現在又是一顆。」

「嗯，」亞門加德說，「我覺得難受——別人用不著管。」接著，她轉過肥胖的後背，取出手帕，大模大樣地把臉藏在手帕裡。

當天晚上，莎拉回閣樓去的時間比平時晚一些。她的活兒很多，直到學生們全都上床睡覺以後才幹完，然後她孤零零一個人到教室裡學習功課。她爬上樓梯頂端時，吃驚地看見閣樓門底下的縫裡射出一線微光。

「除了我自己，沒人會到裡邊去，」她很快地想，「可是有人點了一支蠟燭。」

確實有人點了一支蠟燭，下面的蠟扦，不是莎拉使用的廚房裡的那種，而是學生臥室裡使用的那種。這個人正坐在那張破損的矮凳上，身穿睡衣，頭上包著塊紅色方披巾。這個人就是亞門加德。

「亞門加德！」莎拉喊出聲來。她非常吃驚，而且感到害怕。「你會招來麻煩的！」

亞門加德跌跌撞撞地從凳子上站起來。她拖著臥室用的有點嫌大的拖鞋走過來。她的眼睛和鼻子都哭得發紅。

「我知道我會招來麻煩——如果被人發現的話。」她說。「可是我不在乎——我一點也不在乎。啊，莎拉，請你告訴我，出了什麼事情？為什麼你不再喜歡我？」

她的聲音裡有一種東西，使莎拉的喉嚨像以前一樣又哽住了。她的話那麼樸素、那麼溫柔親切——那麼像以前的要求跟她做「知心朋友」的亞門加德。聽上去，好像過去幾個星期當中，她表面上的樣子並非她真正的心意。

「我喜歡你的，」莎拉回答。「我還以為——你瞧，現在一切都不同了。我以為你——也不同了。」

亞門加德睜大了閃著淚花的眼睛。

「哎呀，不同的是你！」她大聲說。「你不想跟我說話，我不知道該怎麼辦！我回校以後你變了樣。」

莎拉想了一想。她明白自己犯了一個過錯。

「我的確不同了，」她解釋說，「雖然不是你想的那種不同。明欽小姐不要我跟女孩子講話。多數女孩子也不想跟我講話。我以為——也許——你也不想。所以我也就避免和你相遇。」

「啊，莎拉！」亞門加德驚異責備的語調裡幾乎帶著哭腔。接著，她倆四目對視一下，便熱烈擁抱在一起。莎拉的黑色的小腦袋靠在對方紅披巾蓋著的肩膀上，好幾分鐘一動不動。以前她以為亞門加德拋棄了她，感到異常孤單。

後來，她倆一起坐在地板上，莎拉的雙手摟著膝蓋，亞門加德把紅披巾下面的身子蜷縮起來。亞門加德愛慕地望著那張奇特的、眼睛大大的小臉。

「我忍受不下去了！」她說。「我敢說，沒有我你能夠生活下去，莎拉；可是沒有你，我不能生活。我好像死了一樣。所以，今天晚上，我正鑽在被子裡哭著，突然想到爬上閣樓來，就為了求求你，讓我們仍舊做好朋友。」

「你的人比我好，」莎拉說。「我的自尊心太強，不會努力去交朋友。你瞧，現在考驗已經來了，考驗已經表明，我不是一個好相處的孩子。我早就擔心考驗會表明這一點。也許，」——她皺起額頭，顯得很知情的樣子——「這就是考驗降臨的原因。」

「我看不出考驗有什麼好處。」亞門加德大膽地說。

「我也看不出——說實話，」莎拉坦白地承認。「但是我想，即使我們看不出來，有些東西裡面還是可能有好的東西。可能，」——她猶豫不決——「明欽小姐身上也有好的東西。」

亞門加德環顧閣樓，好奇之中夾雜著害怕。

「莎拉，」她說，「你看，住在這裡你能夠忍受嗎？」

莎拉也朝四處望望。

「如果我假裝這是一個完全不同的地方，我就能忍受，」她回答。「或者我假裝這是故事裡的一個地方。」

她慢慢講著。她的想像力開始發揮出來。自從她遭遇不幸以來，想像力還沒有起過作用。她感到，想像力似乎被嚇懵了。

「別人在更糟的地方生活過。想想關在伊夫堡的基度山伯爵吧❷，想想巴士底獄裡的人們吧！」

「巴士底獄？」亞門加德輕輕說，看著莎拉，開始著迷了。她記得法國大革命那些故事，莎拉把它們講得有聲有色、震撼人心，深深印在她的腦海裡。只有莎拉才能做到這一點。

一道熟悉的光采在莎拉眼睛裡閃耀著。

「對，」她抱住雙膝說。「這是個好地方，可以假裝一下。我是巴士底獄的一個囚犯。我關

---

❷ 基度山伯爵，法國作家大仲馬（一八〇二～一八七〇）所著小說《基度山伯爵》的主人公。

在這裡已經許多年了；大家都已經把我忘記了。明欽小姐是監獄看守──還有貝琪，」──她的眼睛更明亮了──「貝琪是隔壁牢房的一個囚犯。」

她轉臉看著亞門加德，看上去完全像是原先的莎拉。

「我要這樣假裝，」她說，「這是一個巨大的安慰。」

亞門加德既是入迷，又是驚嘆。

「你肯把這個故事統統講給我聽嗎？」她說。「我可不可以在安全的時候，在晚上爬到閣樓裡來，聽你講你白天編好的故事？那樣的話，我們兩個『知心朋友』就比以前更好了。」

「好的，」莎拉點點頭說。「不幸的遭遇考驗了人們，我的不幸遭遇考驗了你，並且證明你待人非常好。」

第九章・米奇塞德克

給莎拉帶來安慰的第三個人是洛蒂。她是個小不點兒，不懂得什麼是不幸遭遇，她年輕養母身上的變化把她搞糊塗了。她聽到一些流言蜚語，說莎拉身上發生了奇怪的事情。可是她不理解，為什麼莎拉的外表變了樣——為什麼她穿一件舊的黑裙子，到教室裡來只是教幾個幼兒，而不是坐在原先的榮譽座位上，自己學習功課。當幼兒們發現莎拉不再住在原先的房間裡——艾蜜莉曾經長時期莊重地坐在那裡——的時候，她們竊竊私語了好一陣子。洛蒂主要的困難是，別人問莎拉問題，她很少作出回答。對於一個七歲的孩子來說，神秘的事情一定要講得十分清楚，她才能夠理解。

「你現在很窮嗎？莎拉？」她的朋友負責法語學習小班的第一個早晨，她曾親密地這樣問她。「你是不是和叫花子一樣窮？」她把肉團般的手塞進那隻纖細的手裡，淚花晶瑩的眼瞪得圓圓的。「我不要你和叫花子一樣窮！」

她看上去馬上要哭出來，莎拉急忙安慰她。

「叫花子沒有住的地方，」她勇敢地說。「我有住的地方。」
「你住在哪裡？」洛蒂追問著。「新來的女孩住在你房裡，現在那個房間不漂亮了。」
「我住在另一間房裡。」莎拉說。
「它漂亮嗎？」洛蒂問。「我要去看一看。」
「你不許講話，」莎拉說。「明欽小姐在看著我們。我允許你說話，她要對我發火的。」
她已經十分瞭解，任何不允許做的事情，必定都要找她算賬。比如孩子們不注意聽課、交頭接耳、做小動作等等，都要責怪她。
可是，洛蒂是個有決心的小傢伙。既然莎拉不肯告訴她住在哪裡，她就會用別的方法探聽出來。她跟小伙伴們交談，追隨在年長的女孩左右，聽她們閑聊；根據她們無意之中透漏出來的一點信息，有一天將近黃昏時分，洛蒂出發去作探險旅行，她登上以前從不知道的樓梯，最後來到閣樓樓面。她發現並排有兩扇門，打開了其中的一扇，看見她心愛的莎拉站在一張舊桌子上，正在朝窗外張望。
「莎拉！」她叫了一聲，幾乎嚇呆了。「莎拉媽媽！」她之所以嚇呆，是因為閣樓裡空蕩蕩的，沒什麼家具，同時房子那麼狹窄，似乎跟外面的世界隔開很遠。她的短短的腿好像已經爬過了幾百級樓梯。

聽見她的聲音，莎拉回過頭來。這次輪到她嚇呆了。現在事情會怎麼樣？如果洛蒂哇地一聲哭起來，碰巧有人聽見，她們倆都要倒楣。她從桌上跳下來，向洛蒂跑過去。

「不要哭，也不要吵鬧！」她懇求洛蒂。「如果妳哭了，我要挨罵的。今天我已經挨了一天的罵了。這個房間還不壞，洛蒂。」

「它不壞嗎？」洛蒂氣喘吁吁地說，她咬緊了嘴唇環顧四周。她是個寵壞了的孩子，可是她非常愛她的「養母」，因此為了養母竭力控制住自己。再說，不管怎樣，很可能莎拉住的任何地方總是美好的。「為什麼不壞呢，莎拉？」她細聲細氣地問。

莎拉緊緊抱住她，盡量笑嘻嘻的。從這個胖胖的孩子的溫暖軀體裡，可以感到一種安慰。她這一天幹活很辛苦，剛才她正以熱切的目光，從窗口向外眺望。

「這裡你可以看見各種各樣的東西，在樓下是看不見的。」她說。

「什麼東西？」洛蒂問，她的這種好奇心，莎拉在年長的女孩心裡也常常能夠激發出來。

「煙囪——離開我們很近——一圈圈、一團團的煙，繚繞上升，升到天空裡——麻雀跳到東跳到西，吱吱喳喳好像人們在講話——還有別的天窗，那裡隨時可能有腦袋伸出來，你可以猜想他們是何等模樣的人。而且，你感覺自己高高的站在上面，好像這是另一個世界。」

「啊，讓我看一看！」洛蒂喊道。「把我舉起來！」

莎拉把她舉起來，她倆一起站在舊桌子上，倚靠著屋頂上的天窗的邊沿，向外面眺望。

沒有這番經歷的人，是不知道她們看見什麼樣的不同世界的：石板瓦傾斜著向兩邊舖開，一直排到水落管。麻雀在這裡很自由自在，吱吱喳喳，跳來跳去，不用擔心害怕。有兩隻麻雀棲息在最近的一個煙囪頂上，激烈地爭吵著，最後，一隻用嘴啄了另一隻，把它趕走了。隔壁房屋的天窗關閉著，因為那座房屋此時沒人居住。

「但願那邊有人居住就好了，」莎拉說。「那個天窗這麼近，如果有個小姑娘住在閣樓裡，我們就可以站在窗口互相交談，或者爬過去看看別人的房間，如果不怕摔下去的話。」

天空看上去似乎要比從街上看近得多，使洛蒂十分著迷。從閣樓的天窗，從周圍的煙囪管帽之間望下看，底下世界上發生的事情好像不是真實的。簡直難以相信，下面存在著明欽小姐、阿米莉亞小姐和那所學校；廣場上車輪滾滾，那聲音也好像屬於另一個世界。

「啊，莎拉！」洛蒂喊著，偎依在莎拉的體側，莎拉的胳臂保護著她。「我喜歡這個閣樓——我喜歡它——它比樓下有意思多了！」

「你看那隻麻雀，」莎拉悄悄說。「要是我有點麵包屑丟給它吃該多好！」

「我有一點兒！」洛蒂尖聲叫嚷。「我口袋裡有半塊小圓麵包；昨天我自己花錢買的，還剩下半塊。」

她們拋出幾粒麵包屑，那隻麻雀驚跳起來，飛到鄰近的一個煙囪頂上。它顯然不習慣從天窗裡來的這種親熱舉動，突如其來的麵包屑使它嚇了一跳。可是洛蒂盡量保持安靜，莎拉呢，發出柔和的啁啾聲——真像一隻麻雀在叫——兩隻麻雀終於看出來，剛才嚇著它的東西，原來是對它的殷勤招待。它把頭側向一邊，眼睛眨個不停，從煙囪頂上俯視著麵包屑。洛蒂看得心癢癢的，簡直無法保持安靜了。

「它會來嗎？它會來嗎？」她悄悄說。

「從它的眼神看，好像會下來。」莎拉悄悄回答。「它正在考慮是不是要下來。對，它敢的！對，它下來了！」

麻雀飛下來，向著麵包屑跳了幾步，可是到了離開幾吋的地方，它停住了，又把頭側往一邊，彷彿在打量莎拉和洛蒂，會不會有兩隻大貓，會朝它撲過來。最後，它的內心告訴它，雖然她們的樣子不大可愛，實際上心腸是好的。於是它跳得越來越近，突然，它撲向最大的一粒麵包屑，閃電般把它啄起，銜在嘴裡，飛到煙囪的另一側去了。

「現在它知道了，」莎拉說。「它還會回來吃其餘的麵包屑。」

它確實回來了，甚至還帶來一個朋友，那個朋友再去領來一個親戚，最後，好幾隻麻雀享用了豐盛的一餐，一邊吱吱喳喳叫個不停，不時還停下來，側轉頭打量著洛蒂和莎拉。洛蒂看得非常高興，把一開始閣樓給她的嚇人印象忘記得精光。事實上，當莎拉把她從桌子上抱下來，回到現實環境裡時，似乎她能夠給洛蒂指出閣樓的許多妙處，連她自己以前也沒有認識到。

「這個閣樓小小的，可是比什麼都高，」她說，「好像是樹梢上的一個鳥窩。傾斜的天花板多有趣。你看，在房間的這一頭你的人就沒法站直。黎明到來時，我可以躺在床上，穿過屋頂的天窗仰望向天空。它就像四方形的一片亮光。如果是出太陽的日子，小朵的粉紅色雲彩飄浮不定，我覺得好像能夠摸到它們；碰到下雨的日子，雨水滴滴答答，好像在訴說美好的東西；如果晚上有星星，你可以躺著用心去數數看，這塊天空裡有幾顆。裡面的星星可多著哩！你再看角落裡的那個小小的、生鏽的壁爐。如果把它擦亮了，裡邊生起爐火，你想這該有多好！你看，這真是一個美麗的小房間！」

莎拉握住洛蒂的手在小房間裡兜了一圈，她一邊說著，一邊做著手勢，把她自己剛發現的妙處描繪出來。她也讓洛蒂看到了這些妙處。洛蒂對於莎拉描繪的東西總是深信不疑。

「你看！」莎拉說，「地板上可以鋪一塊又厚又軟的藍色印度地毯；那個角落裡可以放一張柔軟的小沙發，可以蜷起身子靠在沙發墊子上；緊挨著它可以放一個書架，上面放滿了書，要看書很方便；壁爐前面可以放一塊毛皮墊子，牆上可以掛些裝飾品和圖畫，把白的石灰牆遮掉。它們雖然只是些小東西，但是會很美麗的；那邊可以放一盞燈，燈罩用深玫瑰紅色；中央放一張桌子，上面放著茶具；在壁爐擱架上，一個圓鼓鼓的小銅茶壺嗚嗚作響；那張床也可以大大變個樣。可以讓它軟一點，上面蓋一條可愛的綢床罩。那樣就漂亮了。再者，也許我們能哄得那些麻雀跟我們交朋友，最後它們會來啄天窗，要我們讓它們進來。」

「啊，莎拉！」洛蒂喊著，「我想住在這裡！」

莎拉好不容易說服洛蒂，把她送下樓去，安排妥當，然後回到閣樓上去。她站在房間中央，環顧四周。剛才為洛蒂所做的豐富想像的魅力已經消失了。床是硬的，蓋的是骯髒的被子。石灰牆壁上許多地方已經剝落，地板是冷冰冰的，沒有地毯，壁爐是破損生鏽的，那張腳凳——房間裡就只有這麼一張——也是破損的，一條腿損壞了，所以擺不平。她在腳凳上坐了幾分鐘，頭沉入在兩隻手裡。剛才洛蒂來過又走了，這一事實似乎使情況更糟糕——正如同監獄裡的囚犯，當探望的人們來過又離去以後，也許會感到更加孤單寂寞。

「這是個寂寞的地方！」她說。「有時候，這是世界上最寂寞的地方！」

她正這麼坐著，突然，近邊一個輕微的聲音吸引了她的注意力。她抬起頭來，看看聲音是從哪裡來的。如果她是個神經質的孩子，就會急忙從破腳凳上站起來。一隻大老鼠，坐在自己的後腿上，很感興趣地用鼻子嗅著空氣。洛蒂的一些麵包屑剛才掉在地上了，麵包的香味把它引出了洞穴。

它的樣子非常古怪，非常像一個長著灰色八字鬍的矮子，使莎拉感到很著迷。老鼠的明亮的眼睛望著她，彷彿在問一個問題。它顯然非常猶豫不決，莎拉又有一個古怪的念頭進入腦海。

「我敢說，做一隻老鼠是很不容易的，」她沉思著。「沒有人喜歡你。人們跳起來跑開去，還大聲驚呼：『啊，一隻可怕的老鼠！』我不會喜歡人們一看見我就跳起來大聲喊叫：『啊，一個可怕的莎拉！』不會喜歡他們為我設下陷阱，還假裝是給我東西吃。做一隻麻雀就完全不同了。可是沒有人問過這隻老鼠，它出生的時候是否想做一隻老鼠。沒有人這麼問它：『你是否寧願做一隻麻雀？』」

莎拉十分安靜地坐著，因此老鼠開始鼓起勇氣。它非常害怕她，可是也許它的心像麻雀一樣，覺得莎拉不會做猛撲過來的動作。它肚子很餓。它有妻子和一大群兒女在牆洞裡，幾天來它們運氣一直壞透了！它出來時，孩子還在洞裡叫著要吃東西，它知道，為了一點兒麵包屑，冒的險可不小。因此它十分謹慎地把前腳放下來。

「來吧，」莎拉說。「這不是陷阱。你可以吃麵包屑，可憐的東西！巴士底獄的囚犯經常和老鼠交朋友。我想我也要跟你交朋友。」

動物怎麼會理解一些事情我不知道，可是它們確實理解一些事情，這一點卻是肯定的。也許有一種語言，它不是用單詞構成，世界上每一種動物都能理解。也許在每一種動物身上，都隱藏著一個靈魂，它總是能夠和另一個靈魂說話，連聲音也無需發出。可是不管是什麼原因，那隻老鼠從這一刻起就知道它是安全的——即使它是一隻老鼠。它知道，坐在紅腳凳上的這個年輕人，不會跳起來尖聲狂叫，把它嚇個半死，也不會向它投擲重物，那些重物即便沒有把它壓扁，也會打得它跛著腿急忙逃回洞裡去。它是一隻很友好的老鼠，對別人沒有絲毫惡意。剛才它坐在後腿上，嗅著空氣，明亮的眼睛注視著莎拉，心裡希望她會理解這一點，不要一開始就恨它，把它當作敵人。它心裡的那個神秘的東西無聲地告訴它，腳凳上的那個女孩不會把它當作敵人，於是，它就輕輕走向麵包屑，開始吃起來。它一邊吃，一邊不時斜眼看看莎拉，正像那些麻雀一樣；它顯示出非常抱歉的表情，這打動了莎拉的心。

她一動不動地坐著，觀看老鼠的行動。有一塊麵包屑比其他粒屑大得多——說實話，這不能叫做麵包屑，顯然它很想要這塊東西，但是這一塊離開板凳很近，它還相當膽小。

「我看它想把這塊東西帶給牆洞裡的小老鼠，」莎拉想。「如果我一點也不動，也許它會過來取走。」

她盡量摒住呼吸，興趣非常濃厚。老鼠再挪近一點兒，吃了一點麵包屑，然後它站住了，敏銳地嗅了嗅，斜視坐在腳凳上的那個孩子；接著，它像那隻麻雀一樣，突然大膽撲向那一小塊麵包，它一咬到麵包，就逃回牆裡去，鑽進踢腳板的一道縫隙不見了。

「我知道，它要把這塊麵包給它的孩子，」莎拉說。「我確信我能夠跟它交朋友。」

大約一星期以後，碰到一個難得的機會，亞門加德在晚上偷偷地爬上了閣樓。她用手指尖彈了彈閣樓的房門，可是過了兩、三分鐘，莎拉還是沒來開門。房間裡一片寂靜，亞門加德感到納悶，莎拉會不會已經睡著了。接著，使她驚奇的是，她聽見莎拉輕輕笑了一聲，以哄勸的口氣跟誰在說話。

「好啦！」——亞門加德聽見她在說話——「把麵包拿走，回家去吧，米奇塞德克！回到你妻子身邊去吧！」

莎拉幾乎立刻打開了房門，她發現亞門加德站在門外，眼睛裡露出驚恐的神色。

「誰——你在跟誰說話，莎拉？」她喘著氣問。

莎拉把她輕輕拉進去，看上去有什麼東西使她很高興，很感興趣。

「你一定要答應我不害怕——不要尖聲叫喊，否則我就不能告訴你。」她回答。

亞門加德覺得，她幾乎馬上就想喊叫，但是她沒法控制住自己。她朝四下張望，一個人也沒有。可是剛才莎拉確實跟誰在說話。她想到了鬼！

「這東西——會使我害怕嗎？」她戰戰兢兢地問。

「有些人怕這東西，」莎拉說。「我起先也怕——可是現在不怕了。」

「它是個鬼嗎？」亞門加德哆嗦著。

「不，」笑著說，「是我的老鼠。」

亞門加德跳了起來，爬到骯髒的小床的中央。她把兩隻腳縮進睡衣和紅披巾裡面。她沒有尖叫，可是害怕得直喘氣。

「啊，啊！」她壓低聲音叫道。「老鼠！老鼠！」

「我早擔心妳會害怕，」莎拉說。「可是妳不必害怕。我正在馴服它。它真的認識我，我一叫它，它就出來。妳非常害怕嗎，不想見見它？」

說真的，日子一天天過去，莎拉利用從廚房裡拿來的殘餘食物，發展了她的奇特友誼，她逐漸忘記了，她日益熟悉的這個膽小的生物，只不過是隻老鼠。

起初，亞門加德太害怕了，她什麼事情也不敢做，只是蜷起身子，縮進雙腳，坐在床上，可是看見莎拉的小臉上若無其事，聽見米奇塞德克首次出現的故事，最後終於激起她的好奇心，她坐在床邊，俯身觀看莎拉走過去，跪在踢腳板的縫隙旁邊。

「它——它不會很快地跑出來，跳到床上來吧，會不會？」她問。

「不會，」莎拉回答。「它和我們一樣有禮貌。它就像人一樣。現在注意看！」

莎拉開始發出一種低低的噓噓聲——很低，很有引誘力，只有在完全寂靜之中才能夠聽見。她發了幾次聲音，看上去全神貫注在做這件事情。亞門加德覺得她似乎在施什麼法術。最後，顯然是聞聲而來的，一隻長著灰色八字鬍的、眼睛亮晶晶的小腦袋從洞口探出來。莎拉手裡拿著麵包屑。她把麵包屑丟下，米奇塞德克悄悄地走過來把它吃掉。留下比較大的一塊，它咬在嘴裡，認真負責地帶回家裡去。

「你瞧，」莎拉說，「這是給它妻子和孩子的。它的心腸很好。它只吃小塊的。它進洞以後，我總是聽見它那一家子高興地吱吱叫著。叫聲聽得出來有三種。一種是孩子的，一種是米奇塞德克太太的，一種是米奇塞德克本人的。」

厄德加德不由得笑起來。

「啊，莎拉，」她說。「妳很古怪——可是妳的心地很好。」

「我知道我是古怪的，」莎拉愉快地承認，「我也努力去做個好心人。」她用膚色黝黑的小手掌擦擦前額，臉上露出困惑而溫柔的神色。「爸爸總是笑我，」她說，「可是我喜歡這樣。他認為我古怪，可是他喜歡我編造故事。我——我沒法不編故事。如果我不這樣做，我想我是活不下去的。」她稍停片刻，掃視了一下閣樓。「我肯定，在這裡是活不下去的。」

亞門加德像往常一樣興趣很大。「妳講起一些東西來，」她說，「就像是真的一樣。妳談論米奇塞德克就像它是個人。」

「它是個人，」莎拉說。「它會肚子餓，會感到害怕，正像我們一樣；它結了婚，生了孩子。我們怎麼知道它不在想一些事情，正像我們一樣？它的眼神看上去就像是一個人。因此我給它取了個名字。」

她雙手抱膝坐在地板上，這是她喜愛的姿勢。

「此外，」她說，「它是一隻巴士底獄的老鼠，是送來跟我做朋友的。廚師扔掉的碎麵包，我經常能夠拿到一點，這就夠養活它的了。」

「這裡還是巴士底獄嗎？」亞門加德急切地問。「你一直假裝這裡是巴士底獄？」

「差不多一直是這樣，」莎拉回答。「有時我假裝這是另一個地方；可是假裝巴士底獄一般說來最容易──特別是碰到天氣寒冷。」

正在這時候，亞門加德聽見一種聲音，嚇得她幾乎從床上跳下來！它像是清晰地敲了兩下牆壁。「這是什麼？」她喊道。

莎拉從地板上站起來，她的回答真像是在演戲。

「這是隔壁牢房的那個囚犯。」

「貝琪！」亞門加德叫道，她完全著迷了！

「是的，」莎拉說。「你聽好，敲兩下的意思是：『朋友，你在嗎？』」

接著，她似手作為回答，在牆上敲了三次。

「這個意思是說：『對，我在這兒，一切都好。』」

從貝琪那邊，牆上傳來四下叩響。

「這個意思是：」莎拉解釋說。「『那麼，受苦的伙伴，讓我們平安入睡吧。晚安。』」

亞門加德高興得笑容滿面。

「啊，莎拉！」她欣喜地輕聲說，「這真像是個故事！」

「這真是個故事，」莎拉說。「每一樣東西都是個故事。妳是個故事——我是個故事。明欽小姐也是個故事。」

她又坐下來，繼續講下去，直到亞門加德忘了，她自己也有點像是個逃犯，不得不提醒她，她不可以整夜留在巴士底獄裡，而是必須躡手躡腳摸下樓梯，爬到自己那張被拋棄的床上去。

第十章・印度紳士

可是亞門加德和洛蒂到閣樓去探訪，是一個冒險的舉動。她們無法肯定莎拉是在房裡，也無法肯定阿米莉亞小姐在學生們應該上床睡覺以後，不會到各間臥室作一次巡查。因此她倆去看望莎拉的次數很少，莎拉過著異常寂寞的生活。她在樓下的時候比在閣樓上更加寂寞。她沒有一個人可以說話；當她奉了差遣上街的時候，看上去是一個孤苦伶仃的小女孩，手裡提著籃子或包包，碰到刮風她盡力抓住頭上的帽子，碰到下雨她的鞋裡就浸透了水，身旁的人群匆匆走過，似乎使她感到更加寂寞。以前她曾經是莎拉公主，上街時要嘛坐馬車，要嘛由瑪麗葉陪伴著步行；她那容光煥發、表情真摯的小臉，以及華麗的衣服和帽子，常常引得人們向她注視。一個幸福的、打扮得漂漂亮亮的孩子，自然會吸引人們的注意；而衣著破舊寒酸的孩子，馬路上並不特別少見，又沒什麼好看，自然不會引得人們微笑著轉臉觀看。

這些天來，沒有人朝莎拉看，當她沿著擁擠的人行道又忙趕路時，別人眼裡好像沒有她這個人。她長得很快，同時她原先的衣服裡，只有比較樸素的幾件可以穿，所以她知道，自己的樣子的確很古怪。她的貴重的衣服都已經處理掉了。剩下來的衣服，只要她還能夠穿得上，就要她一直穿下去。有時候，她經過一家商店，櫥窗裡有面鏡子，她看到自己的模樣，幾乎馬上要笑出來，有時候，她的臉紅了，她咬緊嘴唇轉身走開去。

傍晚，當她走過點著燈的窗戶時，常常望著裡面溫暖的房間，看著坐在爐火前或桌子旁邊的人們，想像他們的情況，以此解悶取樂。她在百頁窗關閉以前看上一眼裡面的房間，總感到很有興趣。明欽小姐居住的廣場上，有幾戶人家，她以自己的方式瞭解到了不少情況。她把最喜歡的一家叫做大家庭。她給它取這個名字，並非因為這個家庭的成員都是大個子——因為，說實話，它的大多數成員都是小娃娃——而是因為這家的人口眾多。大家庭裡有八個孩子，還有體格健壯、臉色紅潤的母親、父親和祖母，還有好些個僕人。那八個孩子，要嘛由和藹的保姆領著散步，或是躺在嬰兒車裡推；要嘛跟媽媽一起乘坐馬車；要嘛是在傍晚，一窩蜂地趕到門口迎接爸爸，他們吻他，圍住他歡蹦亂跳，拉下他的上衣，在口袋裡找尋好東西；要嘛擠在兒童室的窗口，向窗外張望，一邊歡笑，一邊推推攘攘——一句話，他們所做的事情總是饒有樂趣，總是適合一個大家庭的興趣愛好。

莎拉很喜愛他們，從書裡給他們取了名字——相當有傳奇色彩的名字。她把整個大家庭叫做「蒙莫倫西一家子」。那個戴著花邊帽子的、胖胖的金髮嬰兒，叫做埃塞爾伯特・比徹姆・蒙莫倫西；再大一點的嬰兒是瓦奧萊特・喬姆利・蒙莫倫西；剛會蹣跚學步、兩條小腿滾圓的男孩是悉尼・塞西爾・維維安・蒙莫倫西；再上面依次是莉蓮・伊萬杰琳・莫德・馬里恩，羅莎琳・格拉迪斯，蓋伊・克拉倫斯，維羅尼卡・尤斯塔西婭，以及克勞德・哈羅德・赫克托。

一天傍晚，發生了一件十分有趣的事情——雖然說，從某種意義上來看，也許根本不是有趣的事情。這一家有幾個孩子，顯然正要出門參加一次孩子們的聚會。正當莎拉經過他家門口時，他們正走過人行道，登上在路邊等候的馬車。維羅尼卡和羅莎琳穿著白色花邊連衣裙，配上可愛的腰帶，剛剛才上了馬車，五歲的蓋伊跟在後頭。他長得很好看，臉頰紅通通的，藍色的眼睛，可愛的、小小的圓腦袋，一頭鬈髮，使莎拉完全忘記自己提著籃子，衣衫襤褸——事實上，她忘記了一切，只想仔細看看這個孩子。因此，她停住腳步看著他。

這時正是聖誕節期間，大家庭的成員們聽到許多故事，講一些窮苦的孩子，沒有爸爸媽媽，也就沒有長統襪子來放禮物，也沒人帶他們去看童話劇——這些孩子都是衣衫單薄，又冷又餓。在這些故事裡，千篇一律總有一些好心人——有時候是心腸很軟的男孩女孩——看見了那些窮苦孩子，送給他們錢或是豐富的禮品，或是帶他們回家，共享美味的菜肴。

當天下午，蓋伊剛聽人唸了一個故事，感動得掉下了眼淚，他滿心希望要找到這麼一個窮苦孩子，送給她一個六便士硬幣，讓她可以過日子。他肯定，整整六個便士會讓人富裕一輩子。當他走在從門口鋪到馬車邊的紅地毯上時，他的六便士硬幣就在短短的水手襪口袋裡。羅莎琳正跨進馬車，跳到座位上去，試試身子底下的墊子彈性如何，這時蓋伊看見莎拉站在潮濕的人行道上，穿著破舊的連衣裙和帽子，胳臂上挽著個籃子，以渴望的目光望著他。

他以為她的目光是渴望吃的東西，因為也許她已經長時間沒吃東西了。他並不知道，莎拉目光中渴望得到的東西，是他家裡洋溢著的、以及他紅紅的臉蛋所顯示的溫馨歡樂的氣氛，她還渴望把他摟進懷裡，吻吻他。他只知道，她的眼睛很大，臉兒很瘦，腿兒也很瘦，提著個家常的籃子，穿著破舊的衣服。於是他把手伸進口袋，取出硬幣，和和氣氣地走到她的跟前。

「喂，可憐的小姑娘，」他說。「這兒是個六便士硬幣。我把它送給你。」

莎拉吃了一驚，立即意識到，她的樣子完全像她過好日子時曾經看見過的窮苦孩子，當她走下馬車時，那些孩子在人行道上等著要看看她。她曾經多次給他們硬幣。此刻，她的臉先是脹得通紅，接著又變成蒼白，一瞬間，她感到似乎她無法接受這寶貴的、小小的六便士。

「啊，不！」她說。「啊，不，謝謝你；我不能拿，真的！」

她的聲音完全不像一個普通的馬路孩子的聲音，她的舉止又很像一個有教養的孩子，因此維羅尼卡（她的真名是珍妮特）和羅莎琳（她的真名是諾拉）都湊近來聽。

可是，蓋伊不肯讓自己的慈善行為遭受挫折。他把硬幣硬塞在她手裡。「要的，你一定要收下，可憐的女孩！」他堅決不讓步。「你可以用它買東西吃。這是整整六個便士！」

他臉上的表情極其誠懇友愛，看上去如果她不收下的話，他極其可能失望得心都碎了，因此莎拉知道，她不可以拒絕他。自尊心這麼強的話，就有點不近人情了。莎拉就老老實實收起自尊心，雖然應該承認，她的臉頰感到發燙。

「謝謝你，」她說。「你是一個心腸非常非常好的小寶貝。」當他高興地爬進馬車裡去的時候，她也轉身離開，努力想微笑一下，雖然她很快地摒住呼吸，明亮的眼睛也變得模糊起來。她原已知道，自己看上去又古怪、又寒酸，可是直到此刻她才知道，有的人可能把她看作乞丐。

馬車在街上行駛時，裡面的孩子們激動地、很感興趣地交談著。

「哎，唐納德（這是蓋伊的真名），」珍妮特慌張地高聲說，「你為什麼把六便士送給那個女孩？我肯定她不是一個乞丐！」

「她說話不像是乞丐！」諾拉喊道，「她的臉看上去並不真正像乞丐的臉！」

「再說，她也沒有乞討，」珍妮特說。「當時我擔心她會對你發火。你知道，有的人明明不是乞丐，你卻把他們當成乞丐，他們是要發火的。」

「她沒有發火！」唐納德說，他稍許有點灰心，但語氣仍舊很堅定。「她笑了一笑，還說我是個心腸非常非常好的小寶貝。我就是這樣的！」——再強調一下。「我送給她整整六便士。」

珍妮特和諾拉交換一下眼色。

「一個小叫花子不會說那樣的話，」珍妮特肯定地說。「我會說：『多謝你啦，小少爺——謝謝你，先生』，也許她還會向你行個禮。」

這些話莎拉沒有聽見，可是從那次以後，大家庭對她的興趣和她對大家庭的興趣就一樣濃厚了。每當她走過時，兒童室的窗前總會出現幾張臉看著她；在爐火邊，這些孩子也常常把她作為話題。

「她有點像女子學校裡的僕人，」珍妮特說。「我看她沒有親人。她是個孤兒。可是不管她衣服怎樣破爛，她總不是乞丐。」

往後，他們大家就把她叫做「不是乞丐的小姑娘」，這個名字當然很長，有時候，幾個小寶寶急著要說它，聽上去非常有趣。

莎拉設法在那枚六便士硬幣上鑽了一個洞，用一根舊的細緞帶穿進去，掛在脖子上。她對大家庭的愛慕增加了——同時，說真的，她對她可以去愛的一切東西的愛慕都增加了。她越來越鍾愛貝琪，同時她總是盼望一星期中兩個早晨的到來——這時候，她可以到教室裡去教幾個幼兒學法語。她的小學生很愛她，互相爭著要站在她的身旁，討好地把小手伸到她手裡。孩子們依偎在她身旁，使她飢渴的心靈得到了滿足。她跟麻雀也建立了這樣的友誼，她只要站在桌子上，把頭和肩膀伸出閣樓天窗，發出啁啾的鳥鳴聲，馬上會聽見撲撲翅膀的聲音和吱吱喳喳的鳥叫，一小群褐色的麻雀就會從天而降，落在石板瓦上，跟她交談，並且享用她撒下的麵包屑。她和米奇塞德克已經非常熟悉，有時候它會把妻子帶出來，偶而還帶上一、兩個孩子。她常常跟它說話，不知怎麼的，它看上去好像懂她的話。

在她的心底裡，逐漸產生了對艾蜜莉的奇特感情，艾蜜莉總是坐在那裡觀察著一切。這種感情，是在她處於無比孤獨沉悶之中的時刻出現的。她很想相信，或是假裝相信，艾蜜莉理解她和同情她。她不願意承認，她的唯一的伴侶感覺不到和聽不到任何東西。她常把艾蜜莉放在椅子上，自己面對她坐在紅色的舊腳凳上，然後凝視著她，假裝發生各種情況，直到她的眼睛睜得很大，顯示出近似害怕的表情——特別是在夜裡，四周寂靜無聲，閣樓裡唯一的聲音，就是牆裡面米奇塞德克一家子，突然的一聲急跑和吱吱叫。她假裝的情況之一就是，艾蜜莉是一個好巫婆，能夠保護她。有時候，她凝視艾蜜莉時間太久，腦子裡的幻想達到頂點，就會問艾蜜莉一些問題，並且感到似乎艾蜜莉會立刻回答。可是，艾蜜莉從來不回答。

「不過，說到回答呢，」莎拉說，試圖安慰自己，「我也不大回答別人。只要可以的話我就決不回答。人們在侮辱你的時候，對待她們最好的辦法就是一句話不說——光盯住她們看，心裡思索。每當我這麼做，明欽小姐就會氣得臉色煞白，阿米莉亞小姐會露出害怕的神色，別的女孩也會這樣。如果你並不暴跳如雷，別人就知道你比她們更加強而有力，因為你有足夠的力量克制自己的怒火，而她們沒有這樣的力量，她們往往說些蠢話，事後又追悔莫及。暴怒的力量最為強大，只是比不上克制暴怒的東西——那樣東西比它更強大。不回答敵人是件好事。我幾乎從不回答她們。也許艾蜜莉比我更像真正的我。也許她甚至不願意回答朋友。她把一切都藏在心底。」

可是，儘管她設法用這樣的論點來安慰自己，要做到這一點卻很不容易。每當她讓別人四處差遣，辛辛苦苦幹了一整天的活，碰到刮風下雨、寒冷刺骨，她從遠處跑腿回來，身上淋得透濕，肚子又餓，人們竟會再次差遣她出門！因為沒有人願意想一想，她只是一個孩子，她的兩條細腿是會疲勞的，她的瘦小的身軀是會凍壞的；每當人們對她盡說些刺耳的話，非但不感謝她，反而給她看冷冰冰的、輕視的眼色；每當廚師以粗俗而傲慢的態度對待她；每當明欽小姐大發她的臭脾氣；每當有些女孩嗤笑她的寒酸相——這個時候，她就並非總是能夠用幻想來安慰自己痛苦、自尊、寂寞的心靈，而艾蜜莉卻依然筆直坐在舊椅子上乾瞪著眼。

一天晚上，她又冷又餓地來到閣樓上，年輕的胸膛裡鬱著一股氣，而艾蜜莉還是茫然看著前方，她的木屑芯的腿和胳臂還是毫無反應，以致莎拉控制不住自己了。她在這個世界上只有艾蜜莉一個人——沒有別人了。而她只是坐著。

「我馬上就要死了！」她開始說。

艾蜜莉只是瞪著眼睛。

「我沒法忍受下去了！」可憐的莎拉顫抖著說。「我知道我要死了！我冷；我身上濕透；我快餓死了！今天我走了一千哩路，而她們只是從早到晚責罵我。就因為廚子派我去買的最後一樣東西我沒買著，她們就不給我晚飯吃。我因為穿著舊鞋，在泥地裡滑倒了，幾個男人就看著我笑。現在我渾身都沾滿了泥，他們笑我！妳聽見沒有？」

她看著那雙睜大的玻璃眼珠和漠不關心的臉，突然，一陣使她心碎的怒火支配了她。她舉起小手，惡狠狠地把艾蜜莉打倒在地，放聲痛哭起來——而她是從來不哭的。

「你只不過是一個玩具娃娃。」她哭著說。「只不過是個娃娃——娃娃——娃娃！你什麼都不關心。你的身體裡面是木屑。你從來沒有一顆心。你什麼感覺也沒有。你是個娃娃！」

艾蜜莉躺在地上，兩腿不光彩地彎過來擱在頭上，鼻子尖碰扁了一塊；可是她鎮定自若，甚至不失尊嚴。莎拉把臉埋在胳臂中間。牆裡的老鼠開始打呀、咬呀、叫呀、跑呀——米奇塞德克正在管教它的子女。

莎拉的啜泣漸漸停息下來。這樣的精神崩潰完全不像她的性格，她對自己也感到奇怪。過了一會兒，她抬起頭來看著艾蜜莉，艾蜜莉的目光似乎繞過一個圈子在看著她，而且不知怎麼的，此刻她的玻璃眼珠裡真正流露著同情。莎拉彎下腰，把她抱了起來。她感到很懊悔。她甚至難以覺察地微微一笑。

「你做玩具娃娃是無法改變的，」她說，無可奈何地嘆了口氣，「而拉維妮亞和潔西那樣毫無見識，則是可以改變的。我們天生不是一個樣子。也許，你讓你的木屑發揮了最大的作用。」她吻吻艾蜜莉，把她的衣服整理好，放回到椅子上。

她非常希望有人搬進隔壁空房子來住。因為隔壁的閣樓天窗離她很近。如果有一天看見窗子打開，從裡邊伸出一個腦袋和肩膀，那該有多好呵！

「如果看上去是個友善的人，」她心裡想。「也許我的開場白可以這樣：『早上好』，以後發生什麼事情就說不定了。不過，當然囉，除了下手僕人之外，別人是不會住在這個地方的。」

一天早晨，莎拉跑過了食品雜貨店、肉店和麵包店，回家的路上正繞過廣場拐角，忽然看見一輛裝滿家具的運貨馬車停在隔壁房屋門口，她感到非常高興，顯然貨車是在她出門辦事的時候來的。房子的前門大開著，只見穿襯衫的男人進進出出，搬運著沉重的箱子和行李。

「房子住進了人！」她說。「真的住進人了！哎，我真希望有個和善的腦袋從閣樓天窗裡伸出來！」

有一伙在街上閒逛的人已經停下來，站在人行道上看工人搬運東西，莎拉真想加入那一伙。她有一個想法，只要能看見幾件家具，她就能推測家具主人的一些情況。

「明欽小姐的桌子椅子就像她的人，」她心裡想。「我記得，我一看見她就是這麼想的，即使我當時年紀很小。後來我告訴爸爸，他笑了，說我講得不錯。我肯定，大家庭一定有寬大舒適的扶手椅和沙發，我看得出來，他們家的紅色花朵的牆紙，正像他們的人一樣。它使人感到溫暖、愉快、賞心悅目和幸福。」

下午，廚師讓她去蔬菜店買荷蘭芹，她走上地下室的階梯時，不由怦然心動，眼前的景象似曾相識。幾件家具剛從貨車搬到人行道上。有一張柚木桌子，製作精巧，有幾把椅子，還有一塊屏風，上面布滿豐富多采的東方刺繡。

看見這些東西，使她產生一種奇怪的思鄉情緒。她曾經在印度看見過和它們十分相像的東西。明欽小姐從她身邊取走的東西當中，就有一張雕花的柚木桌子，那是她父親給她送來的。

「這些家具真漂亮，」她說。「看上去應當屬於一個好心人。所有的東西都很貴重。我看這是個有錢人家。」

整整一天，裝滿家具的貨車絡繹不絕地來到門口，把家具卸下來，卸完就走，空出位置給相繼而來的貨車。有幾次，碰巧莎拉有機會看見有人搬運東西。她猜想新來的這家人十分富有，她是猜對了。全部家具都是貴重而漂亮，很大一部分是東方款式的。從貨車上還取下精美異常的地毯、帷幕和裝飾品，還有許多繪畫，書籍多得足夠配備一個圖書館。此外，還有一尊華麗的佛像，放在一個金碧輝煌的神龕裡。

「他們家裡一定有人去過印度，」莎拉心裡想。「他們習慣使用印度的東西，並且喜歡它們。我很高興。我會感到好像他們是我的朋友，即使閣樓天窗裡從來沒有腦袋伸出來。」

當她替廚師把晚間的牛奶拿進來的時候（確實沒有一種零活她不曾幹過），她看見一件事情，使情況更加有趣了。大家庭裡的父親，那位英俊的、面色紅潤的先生，以完全不帶感情的態度，穿過廣場，快步登上隔壁房子的台階。他跑上去的樣子好像非常自由自在，好像他預料未來要多次登上這幾級台階。他在屋裡呆了很長時間，幾次出來對工人作一些指示，好像他有權利管這件事。可以肯定，他跟新來的這家人有著親密關係，他是在替他們辦事。

「如果他們家有孩子，」莎拉想，「大家庭的孩子一定會過來找他們一起玩，他們也許就會跑到閣樓上去玩耍。」

晚上，貝琪幹完活以後，過來探望她的獄友，還帶了一個消息。

「隔壁房子要進來居住的是一位印度紳士，小姐，」她說。「我不知道他是不是一位黑人紳士，可是他總是一位印度紳士。他很有錢，他還在害病，大家庭的那位紳士是他的律師。他碰到過許多不幸，就這樣害了病，心情也很低沉。他還敬佛像哩，小姐。他是個異教徒，向木頭和石頭佛像跪拜。我看見貨車送來一尊佛像供他敬奉。應該有個人送他一本基督教小冊子。一個便士就可以拿到一本。」

莎拉笑了起來。「我不相信他會敬奉佛像，」她說。「有些人喜歡家裡放幾尊佛像看看，因為它們很有意思。我爸爸就有一尊好看的佛像，可是他並不向它跪拜。」

但是，貝琪寧願相信這位新鄰居是個異教徒。這樣聽上去就更有浪漫色彩，如果他只是個捧著祈禱書上教堂的普通紳士，那就平淡無奇了。那天晚上她坐著談了好長時間，談那個紳士會是什麼樣子，談他的妻子會是什麼樣子，如果他有妻子的話，再談他的子女會是什麼樣子，如果他們有孩子的話。莎拉看得出來，貝琪心底裡巴不得他們的孩子全都是黑人，戴著包頭巾，還有最要緊的是，像他們的父親一樣，全都是異教徒。

「不是異教徒的話，我決不跟他做隔壁鄰居，小姐，」她說。「我很想看看他們的生活方式是怎麼樣的。」

直到幾個星期以後，她的好奇心才得到滿足。事實的真相是，新來的鄰居既沒有妻子，又沒有孩子。他是孤身一人，沒有家室。同時，他的身體非常虛弱，心情也非常抑鬱。

一天，一輛馬車來到門前停住了。一個男僕從前座下來，打開車門，那位大家庭的紳士先下車，後面是一位身穿白色工作服的護士，這時候房子裡有兩個男僕跑下台階，過來扶主人下車。當這個紳士在眾人攙扶之下跨出車門時，可以看到他的臉很憔悴，滿面愁容，身子骨瘦如柴，裹在毛皮衣服裡。大家扶他走上台階，大家庭的那位紳士一起進了屋，顯得非常焦急。不一會兒，一輛醫生的馬車到了，醫生跟著進了屋——顯然是去照顧房子的主人。

「隔壁的那位紳士皮膚很黃，莎拉，」後來洛蒂在法語課上悄悄說。「你看他是不是中國人？地理書上說中國人是黃皮膚。」

「不，他不是中國人，」莎拉悄悄回答。「他病得很重。接著做你的練習吧，洛蒂。這句法語是：『不，先生。我沒有我叔叔的小刀。』」

那個印度紳士的故事，就是從這裡開始的——

第十一章・蘭達斯

有時候，甚至在這個廣場上也可以看到壯觀的日落。不過，越過屋頂，從煙囪中間仰望天空，只看得見部分景色。從廚房的窗戶根本看不見日落，只能作一點猜想，太陽正在西沉，因為此時牆磚有點暖意，光線也顯得發紅發黃，或者是，有人看見一束紅光照耀在哪一塊玻璃上。可是有一個地方，從那裏可以看到日落的全部壯麗景象：天空西邊湧出大片大片紅色或金色的雲；還有紫色的雲，四周鑲著光芒四射的金邊；還有輕如羊毛的小朵浮雲，染成紅艷艷的，碰到有風的時候，就像一群群粉紅色的鴿子，匆匆忙忙飛過天空。不用說，你可以看到所有這些景色，同時好像可以呼吸到比較純淨的空氣的地方，正是閣樓的天窗。

每當廣場突然像中了法術，開始閃著紅光，儘管四周的樹木和欄杆染上煤煙，廣場卻大放異彩時，莎拉就知道，天空中正在進行誘人的變化；只要有可能離開廚房，不致被人發覺或是叫回去，她毫無例外，總要悄悄溜走，爬上樓梯，站在閣樓裏的舊桌子上，把頭和身體盡量伸到天窗外面去。站定以後，她總是長長吸一口氣，展望四方。此時，彷彿整個天空和世界都屬於她自己。其他閣樓裏從來沒有人探頭張望。一般來說，天窗總是關著的；即使把它們打開，也是為了透透空氣，從來沒有人爬上天窗。莎拉就站在那裏，有時抬頭仰視天空，天空似乎非常友好和靠近——就像一塊可愛的蒼穹形天花板——有時眺望四方，那裏正演示著一幕幕的奇景；雲彩時而化開，時而飄走，時而輕柔地等待著落日給它打扮：粉紅、緋紅、雪白、黛紫、淺灰。雲彩有時像是島嶼，有時像是大山，包圍著的藍天像是湖水，它時而像綠松石那樣湛青，時而像琥珀那樣深黃，時而像綠玉髓那樣翠綠。有時色彩較暗的海角，突出到奇形怪狀、很快消失的海裏；有時細長的一條條地帶，併成整塊的大陸。有時彷彿你可以跨上雲彩，在那兒奔跑、攀登或是站著等待，看看接下去會有什麼變化——也許，直到一切全都溶化，你可以隨著雲彩飄走——至少，莎拉心裏是這樣想的。對她說來，她站在桌子上所看見的東西——她的身子一半探出天窗，麻雀以日落時特有的柔和聲音鳴叫著——要比其他任何東西更加瑰麗。她似乎覺得，在日落奇景異彩紛呈的時候，麻雀的啁啾聲總是特別柔和。

印度紳士住進新居幾天以後，已碰上這樣一個壯觀的日落；幸運的是，莎拉已經做完了下午廚房裏的活，沒有人差她出門或者做別的活，她比平時更容易地溜出了廚房，跑到樓上去。

她站到桌子上，向窗外眺望。這是個奇妙的時刻！在西方，連綿不斷的雲層全都染上了金色，好像一道光輝燦爛的巨流正在天空中奔騰而過。空中充滿了艷麗的深黃色光；在它的襯托之下，飛過屋頂的鳥兒顯得烏黑。

「今天的日落真是壯麗！」莎拉輕輕自言自語。「它幾乎使我感到害怕——好像某樣奇怪的事情即將發生。壯麗的東西總是使我產生這種感覺。」

突然她回過頭去，因為她聽見離開她幾碼的地方傳來一個聲音。這聲音很奇怪，是一種奇特的、尖細的唧唧叫聲。它來自隔壁閣樓的天窗。一定是有人也上來觀看日落，跟她一樣。從天窗裏探出一個頭和半截身子，但那不是小姑娘或女僕，而是一個別有風姿的印度本地人的腦袋，身穿白袍、皮膚黝黑、目光炯炯，頭上纏著白色頭巾——一個「印度水手」，莎拉很快這麼想——那個聲音是他抱著的一隻小猴子發出的，他似乎很喜歡那隻猴子，猴子蜷伏在他胸前唧唧叫著。

莎拉朝他看的時候，他也朝莎拉看。她的第一個印象是，他的黝黑的臉上顯得有點悲哀和思鄉。她可以絕對肯定，他上來是為了觀看日落，因為他在英國很少看到好太陽，他渴望看上一眼。她很感興趣地、短促地瞅了瞅他，向他送去一個微笑。她已經體會到，一個微笑，即使是陌生人的微笑，也可以給對方很大安慰。

她的微笑顯然使他感到愉快。他的整個表情改變了。他以微笑作答，露出雪白發亮的牙齒，好像在黝黑的臉上閃過一道白光。莎拉的友好的目光，對於感到疲勞或鬱悶的人來說，總是非常見效的。

也許是他在向莎拉招呼時，抱住猴子的手放鬆了。這隻猴子十分頑皮，總是想追求冒險，大概它看見一個小姑娘，就興奮起來。它突然掙脫出來，跳上石板瓦，唧唧叫著跑過來，真的跳上莎拉的肩膀，再從肩膀溜進了她的閣樓。

猴子的動作使她感到很好笑，也很高興；但是她知道，必須把它交還給它的主人——如果這個印度水手是它主人的話——而她不知道怎樣去歸還。他會讓她捉住猴子呢；還是猴子很頑皮，不肯讓她捉住，也許逃出去翻過屋頂不見了呢？那決不是個辦法。也許，猴子屬於那個印度紳士，是那個可憐人的心愛之物。

她轉臉對著印度水手，感到很高興，她

還記得以前跟父親一起生活時學會的幾句印成度語。她能夠讓那個人理解她。她用他懂的語言跟他說話。

「猴子肯讓我捉它嗎？」她問。

當她用這種熟悉的語言說話時，那張黑臉上顯示出極大的驚奇和喜悅！她覺得，這是她從來沒看見過的。說實話，那個可憐的傢伙以為天神顯靈了，這個和藹細小的聲音是從天上來的。莎拉馬上看出來，他已經習慣於跟歐洲孩子打交道。他滔滔不絕地說了許多表示敬意和感謝的話。

他是尊敬的小姐的僕人。他的名字叫蘭達斯。那隻猴子脾氣很好，從不咬人；可是麻煩的是，很難捉住它。它會像閃電一樣從一處逃到另一處。它不大聽話，雖然說不是一個壞種。

他像瞭解自己的孩子一樣瞭解它。它有時候服從他，但不是永遠服從他。如果尊敬的小姐允許的話，他就可以親自從屋頂上走過來，到她的閣樓裏去，把那隻微不足道的小動物捉回去。但是顯然他擔心，莎拉也許會認為這麼做過於放肆，因而不允許他過去。

可是，莎拉立刻允許他這麼做。

「你能過來嗎？」她問。

「馬上就來。」他回答。

「那麼你就來吧，」她說，「它正在房間裏東竄西跳，好像受了驚嚇。」

蘭達斯鑽出閣樓窗戶，輕快平穩地從屋頂上走過來，好像一輩子都在屋頂上走路似的。他鑽進莎拉的閣樓，跳了下去，沒發出一點聲響。然後他又向莎拉低頭行禮。猴子看見了他，發出一聲尖叫。蘭達斯十分謹慎，他急忙關好天窗，然後去追趕猴子。總共並沒有花費多少時間。猴子顯然是為了鬧著玩，把這場追逐延長了幾分鐘，可是很快它就唧唧叫著跳上了蘭達斯的肩膀，坐在那裏一邊叫，一邊用它奇怪的、皮包骨的小胳臂勾住他的脖子。

蘭達斯向莎拉表示深深的感謝。

她看到，他的敏銳的眼睛只是迅速的一瞥，已經把整個房間空虛破爛的情況一覽無遺，可是他跟她說話的態度，好像仍舊把她當作一個王公的小女兒，並且假裝他什麼也沒看見。他不想在捉住猴子以後，擅自在她房裏逗留太長的時間，他利用片刻的工夫，再次恭恭敬敬向她行禮致謝，作為報答小姐的寬容大度。他摸著猴子說：「這個小壞蛋，其實不像看上去那麼壞，他那害病的主人，有時候拿它來解悶取樂。如果他心愛的東西逃走了、找不到了，他是會很傷心的。」最後他再次低頭行禮，然後鑽出天窗，從石板瓦上回家去，他的動作敏捷異常，比剛才猴子的表演毫不遜色。

他離開以後，莎拉站在閣樓中央，思索著他的臉和舉止帶回來給她的許多東西。他的一身印度本地人的裝束，他那畢恭畢敬的態度，喚起了她對過去的回憶。想起來也真是奇怪，她這個雜務工——一個小時以前廚師還在辱罵她——可是只不過幾年以前，她周圍的人們對待她的態度，恰恰就跟蘭達斯一樣；那些人當她走過時低頭行禮，跟她說話時前額幾乎碰到地面，那些人是她的僕人和奴隸。這一切像是一個夢！這一切已經過去了，它再也不會回來了。看起來，肯定沒有辦法作出任何改變。

她知道，明欽小姐意圖給她安排什麼樣的前途。只要她年紀還太小，不能作為一個正規教師來使用，就要讓她跑腿、當女僕，然而還要她記住已經學到的東西，並且以不可思議的方式學會更多的東西。晚上的時間，大半應該用在學習上面，她知道，如果她沒有取得預期的進步，就會受到嚴厲的訓斥。事實上，明欽小姐知道，她的學習心情非常迫切，因此不需要教師指導。只要把書給她，她就會貪婪地一個勁兒地看，最後把書中內容全都熟記在心。可以想見，經過幾年時間，將會具備條件擔任大量的教學工作。這是將來會發生的事情；她年紀再大一點，就會要求她在教室裏做苦工，正像現在她在學校各個地方做苦工一樣；學校將被迫讓她穿比較體面的衣服，但是肯定是樸素而難看的，會使她多少看上去像個女僕。眼前能預料的就是這麼些，莎拉靜靜站了幾分鐘，考慮著自己的前途。接著，她心中出現了一個早先的想法，使她興奮得臉頰飛紅、眼睛閃光。她挺直了瘦小的身軀，把頭高高昂起。

「不論發生什麼，」她說，「都無法改變一樣東西。如果我是個衣衫襤褸的公主，我可以在內心裏保持公主的身份。如果我穿金著銀，做公主是容易的。可是如果永遠保持公主的身份，而一個人也不知道，這豈不是更大的勝利！從前瑪麗・安托瓦內特身陷牢籠❶，失去王位，只能身穿黑袍，而她的頭髮是白色的，當時人們侮辱她，稱她為卡佩遺孀❷。這個時候，跟以前快樂逍遙、尊榮富貴的歲月相比，她更加充分體現了王后的尊嚴。我最喜歡這段時間的她。那些瘋狂嚎叫的暴民們沒有嚇倒她。即使他們砍下了她的頭顱，她仍舊比他們更強大。」

這個想法不是新的，而是很久以前就有的。它曾經在許多痛苦的日子裏給她安慰，不論她待在房子裏的什麼地方，臉上都顯示出一種神情，而這是明欽小姐所無法理解的，也是使她非常惱怒的，因為那個孩子似乎過著一種使她超越常人的精神生活。似乎她對別人的粗暴刻薄的話充耳不聞；或者就算她聽見了，她也一點都不在乎。有時候，當明欽小姐尖刻地、氣勢洶洶地訓斥莎

---

❶ 瑪麗・安托瓦內特（一七五五－一七九三），法王路易十六的王后，因勾結奧地利干涉法國革命，被抓獲交付革命法庭審判，處死於斷頭台。

❷ 卡佩：波旁王朝是瓦盧瓦王朝（一三二八－一五八九年）的支系，而瓦盧瓦王朝又是卡佩王朝（九八七－一三二八年）的旁系，在大革命中，人們稱路易十六為路易・卡佩，說明路易十六已被視為法蘭西整個封建統治時代的代表。

拉時，她會發現，那個孩子的一雙不像孩子的眼睛，一動不動地盯住她，目光裏彷彿含著自尊的笑意。她不知道，這時候莎拉的心裏正在這樣想：

「你不知道，你是在對一個公主說這樣的話，如果我願意的話，我把手一揮，就可以把你送上斷頭台。我之所以免你一死，是因為我是公主，而你只不過是一個可憐、愚蠢、刻薄、粗野的老東西，你就是這副德性！」

這個想法比其他任何東西更使她感興趣；儘管它很古怪，並且只是個幻想，可是她卻從中得到安慰，它對她是有好處的。當這個想法支配著她的時候，別人以粗暴和惡意的態度對待她，她不會以粗暴和惡意的態度回敬別人。「公主必須懂得禮貌。」她心裏想。

因此，當那些僕人學著明欽小姐的腔調，蠻橫地差遣她的時候，她總是高昂著頭，以一種奇特的文明態度回答他們，往往弄得他們目瞪口呆。

「她可真有氣派、有風度，簡直連白金漢宮裏的那一套也比不上她呀！」廚師說，有時也暗自發笑。「我對她發脾氣的次數夠多了，可是我得說，她從來不忘記禮貌。『對不起，廚師』；『你看好嗎，廚師？』她在廚房裏一開口盡是這樣的話，好像算不了一回事。」

莎拉跟蘭達斯和他的猴子相遇的第二天早晨，她和她的小學生在教室裏。她結束教課以後，把幾本法語練習簿疊在一起，一邊想著喬裝改扮的帝王受別人差遣的奇聞軼事：比如阿爾弗列德大王❸，因為把餅烤糊了，牧牛人的老婆就賞了他一記耳光。後來她弄清楚自己做了什麼事情，該是多麼膽戰心驚呵！如果將來明欽小姐弄清楚她——莎拉，她的腳趾頭快要從靴子裏戳出來——是一個公主——一個真正的公主，她也會膽戰心驚的！此刻，莎拉眼睛裏的那副神氣正是明欽小姐最不喜歡的。

她不能容忍它；她離開莎拉很近，一下子火冒三丈，真的衝過來搧了莎拉的耳光——正像牧牛人老婆打了阿弗列德大王的耳光一樣。耳光使莎拉吃了一驚！她從夢想中清醒過來，歇了一口氣，起先站著沒動。然後，自己也不知為什麼，她輕輕笑了一聲。

「你在笑什麼，你這個厚臉皮、沒規矩的孩子？」明欽小姐高聲說。

莎拉花了片刻工夫控制住自己，牢記自己是個公主。

她的臉頰因為吃了耳光而發紅刺痛。

「我剛才在想事情。」她回答。

「立刻請求我的原諒。」明欽小姐說。

莎拉稍許遲疑一下立即回答。「如果笑是沒有禮貌的，那麼我請求你原諒，」她說，「可是

---

❸ 阿爾弗列德大王（八四九—八九九），英格蘭韋塞克斯王國國王。

我不會因為想事情而請求你原諒。」

「你在想什麼？」明欽小姐追問。

「你怎麼敢想？你在想什麼？」。

潔西吃吃笑起來，她和拉維妮亞會意地互相用肘彎子推推對方。所有的女孩子都抬起頭來傾聽。說真的，每逢明欽小姐攻擊莎拉時，總是引起她們的極大興趣。莎拉總是說些古怪的話，而且從來沒有絲毫畏懼的樣子。現在她也絲毫不怕，雖然耳光的紅暈還沒有褪去，而她的眼睛卻像星星一樣明亮。

「我在想，」她莊重而有禮貌地回答，「你不知道自己在做什麼事情。」

「我不知道自己在做什麼事情？」

明欽小姐有點氣急敗壞。

「是的，」莎拉說。「我還在想，如果我是個公主，你打了我耳光，會發生什麼事情——我會怎樣對待你。我想，如果我是公主的話，那麼不管我說了什麼，或是做了什麼，你都絕對不敢打我耳光。我還想，你會怎樣的膽戰心驚，如果你突然弄明白——」

莎拉對她想像中的未來看得十分清楚，好像就在眼前，因此她的描述非常生動實在，甚至對明欽小姐也產生了影響。此刻，她那褊狹而缺乏想像力的心裏彷彿也感到，在莎拉坦誠大膽的行為後面，必然隱藏著某種真正的力量。

「什麼？」她高聲說。「弄明白什麼？」

「弄明白我真的是一個公主，」莎拉說，「並且能夠做任何事情——我喜歡的任何事情。」教室裏的每一雙眼睛都睜得大大的。拉維妮亞俯身向前，想看得更仔細一點。

「回你的房間去！」明欽小姐上氣不接下氣地說，「馬上離開教室！做你們的功課，年輕的女士們！」

莎拉微微屈膝行禮。「如果笑是不禮貌的，那麼請你原諒。」她說，然後走出了教室，留下明欽小姐，怒火一時難以平息，女孩子都在竊竊私語。

「你看見她的樣子嗎？你看見她的樣子多麼古怪嗎？」潔西開口說。「如果她最終真的成了大人物，我是一點也不會感到奇怪的。要是她真的成了大人物，那可不得了！」

第十二章・牆的另一側

如果你住在一排房子中間，那麼想一想，你居住的房間的牆另一側，人們正在做些什麼和說些什麼，的確是很有趣的。莎拉就很喜愛想像，隔開女子學校和印度紳士寓所的牆的另一側有些什麼事情，以此作為消遣。她知道，學校教室的隔壁就是印度紳士的書房，她希望牆壁厚一點，那樣，即使有時下課後學生十分喧鬧，也不致吵擾他的清靜。

「我已經相當喜歡他了，」她對亞門加德說。「我不願意讓他受到打擾。我已經把他當作一個朋友。有的人你從來沒有跟他說過話，可是你可以把他當作朋友。你可以就這樣觀察他們、思念他們、替他們難過，直到他們像你的親戚一樣。有時我看見醫生一天上門兩、三次，就會非常著急。」

「我的親戚很少，」亞門加德沉思地說，「我為此感到高興。我不喜歡現在的那些親屬。我的兩個姑母總是說：『天哪，亞門加德！你長得真胖。你不應當吃糖果！』我的叔叔總是問我這種問題：『愛德華三世什麼時候登上王位？』❶『誰吃了過量的七鰓鰻因而致死？』」

莎拉笑了。「你從不跟他說話的人，是不會問你這種問題的，」她說，「我肯定，那個印度紳士是不會的，即使他跟你相當熟悉以後。我喜歡他。」

她已經喜歡上那個大家庭，因為他們看上去很幸福；可是她喜歡印度紳士，卻是因為他看上去不幸福。他顯然曾患過某種嚴重疾病，健康尚未完全恢復。在廚房裏，僕人們當然會通過某種意想不到的方法，瞭解到全部情況，大家常常談起他。他實際上不是一位印度紳士，而是曾在印度住過的一個英國人。他曾經遭遇巨大的不幸，有一段時間給他的全部財產帶來嚴重後果，以致他認為自己是永遠身敗名裂了。那次打擊非常巨大，他差一點死於腦炎；從那以後他的健康一直非常虛弱，雖然他終於時來運轉，他的全部財產已經回到他的手裏。他遇到的不幸和危險和採礦有關係。

「而且是鑽石礦呢！」廚師說。「我的積蓄從來不放到礦上去──特別是鑽石礦。」──他斜睨了莎拉一眼。「我們大家都知道鑽石礦的事兒。」

「他的感受如同我爸爸的感受，」莎拉想。「他生病如同我爸爸生病；不過他有沒死。」

---

❶ 愛德華三世（一三一二──一三七七），英格蘭國王。

因此，她的心比以前更加貼近他。當她在晚上出去跑腿時，總是感到非常高興，她就可以向溫暖的房間裏面張望，看見她自己承認的朋友。當四下沒人時，她總是會停下腳步，抓住鐵欄杆，向他道一聲晚安，好像他能夠聽見似的。

「如果你聽不到的話，也許你能夠感覺到！」這就是她的幻想。「也許友好的想法會有辦法傳到別人身上去，甚至穿過門窗和牆壁。也許當我冒著寒冷站在這裏，祝願你恢復健康，重新得到幸福的時候，你會感到一陣溫暖和安慰，而不知道是什麼原因。我真為你感到難過，」她會用熱誠的小嗓子輕聲說。「我祝願你有一個『小女主人』，她會向你表示親熱，就像我爸爸頭痛時我向他表示親熱一樣。我很想自己做你的『小女主人』，可憐的寶貝！晚安——晚安。上帝保佑你！」

於是，她會走開去。自己也感到莫大的安慰，身上也更加溫暖一點。她的同情心極其強烈，因此當他單獨坐在爐火邊的扶手椅上，差不多永遠穿著一件寬大的晨衣，差不多永遠把前額擱在手上，一邊絕望地凝視著爐火的時候，好像必然會傳到他的身上去。照莎拉看起來，他像是目前仍舊有沉重的心事，而不僅僅是過去曾經遭受巨大的不幸。

「他總是好像在想著一件現在使他痛心的事，」她心裏想，「可是，他的錢都已經取回來了，他的腦炎不久也會痊癒，所以他不應該是那個樣子。我不知道是否還有別的事情。」

如果有其他事情——連僕人們都沒聽說的事情，那麼她不得不相信，大家庭的那位父親——她稱之為蒙莫倫西先生——一定知悉內情。蒙莫倫西先生常去看他，蒙莫倫西太太和孩子們也上他家去，雖然次數少一點。他似乎特別喜歡年紀較大的兩個女孩——珍妮特和諾拉，上回她們的弟弟唐納德送給莎拉六便士，她們倆埋怨過他。實際上，印度紳士的心裏，蘊藏著對於孩子們的，尤其是對於小女孩的極為溫柔的感情。珍妮特和諾拉喜歡他，如同他喜歡她們一樣，她倆非常愉快地盼望那些下午的到來，這時候媽媽允許她們穿過廣場，對他進行很有禮貌的小小訪問。她們的訪問說明她們的確很有教養，因為他是個行動不便的病人。

「他是個可憐人，」珍妮特說，「他說我們使他高興。我們設法用安靜的方式使他高興。」

珍妮特是孩子們的頭兒，她把他們管得規規矩矩的。正是她，選定一個合適的時刻，請求印度紳士講講印度的故事；正是她，看出來他感到累了，這時候她們應該悄悄地退出來，關照蘭達斯到他身邊去。孩子們很喜歡蘭達斯。如果他除了印度語之外，還能說別的語言，那麼他的故事真是多得講不完了。

這位印度紳士的真名叫卡里斯福特先生，珍妮特告訴他，曾經碰到過一個不是乞丐的小姑娘。他聽了很感興趣，當他從蘭達斯嘴裏聽到猴子在屋頂上的一場險遇以後，他的興趣就更大了。蘭達斯向他清楚地描述了隔壁的閣樓，描述了它的破落相——沒有地毯，很少家具，牆上石灰剝落，壁爐生鏽，沒生火，床又硬又窄。

「卡麥克，」聽到這番描述以後，他對大家庭的父親說，「我不知道我們廣場上有多少個閣樓像這個樣子，又有多少個可憐的小女僕睡在這樣的床上，而我卻枕著鴨絨枕頭翻來覆去，難以入睡，財富成了我的負擔，它折磨著我，因為其中一大半不是我的。」

「我親愛的朋友，」卡麥克先生樂呵呵地回答，「你越是早點停止折磨你自己，對你的好處就越大。就算你擁有東印度的全部財富，你也無法把全世界窮人的困苦生活都改變過來，如果你著手把這個廣場上的全部閣樓都裝修一新，那麼所有其他廣場上的所有的閣樓，還都得有人去裝修啊。我說對了吧！」

卡里斯福特先生坐在那裏咬著指甲，一邊望著壁爐裏的熊熊爐火。

「你是不是以為，」稍停一下，他慢慢地說，「你是不是以為，可能那另一個孩子——我相信我從來沒有停止想念她——會——會有可能淪落到隔壁房子那個可憐的小女孩的境地呢？」

卡麥克先生不安地望著他。他知道，這個人所能做的、最不利於他的心靈和身體的事情，就是以這樣一種特殊的方式，去思考這一個特殊的問題。

「如果巴黎帕斯卡爾夫人的學校裏的那個孩子，就是你要找的那個孩子，」他以勸慰的口氣回答，「那麼看來，目前照管她的那些人，是有條件把她照管好的。他們收養了她，因為她曾經是他們死去的小女兒的親密伴侶。他們沒有別的孩子，帕斯卡爾夫人說，他們是家境十分寬裕的俄國人。」

「而那個可憐的女人，根本不知道他們把她帶到哪裏去了！」卡里斯福特先生大聲說。卡麥克先生聳了聳肩膀。

「她是一個精明、世故的法國女人，孩子的父親死去以後沒有給孩子留下任何遺產，能夠這樣愜意地把孩子送出去，明擺著她是喜出望外了。像她這種女人，是不會為了那些可能成為負擔的孩子而傷腦筋的。養父養母顯然遠走高飛，沒留下任何線索。」

「可是你說『如果』這個孩子是我要找的孩子。你說『如果』。我們還不能肯定。名字上面有點不同。」

「帕斯卡爾夫人的發音聽上去好像是卡魯，而不是克魯——不過，這可能只是一個發音的問題。各方面的情況十分相似。一個住在印度的英國軍官把失去母親的小女兒送進那個學校。他在失去財產以後突然死去。」卡麥克先生稍停片刻，好像想起了一個新的疑點。「你是否肯定，那個孩子被留在巴黎的一所學校裏？你肯定是在巴黎嗎？」

「我親愛的朋友，」卡里斯福特突然說，語調顯得痛苦和不安，「我什麼都不能肯定。孩子和她母親我都沒見過。萊福・克魯和我在青少年時期非常要好，但是離開學校以後就沒見過面，直到在印度才又見面。當時我一心想著採礦的光輝前景。後來他也一心想著它。整個事業非常宏偉，非常光輝燦爛，以致使我們沖昏了頭腦。我們見面的時候幾乎就只談這件事情。我只知道，那個孩子被送到某處的一個學校裏。現在，我連怎麼會知道這一點的都記不得了。」

他的情緒開始激動起來。他的腦部很虛弱，每當過去災難的回憶擾亂了它的平靜，他總是會激動起來。

卡麥克先生憂慮地看著他。還得再問他幾個問題，不過，說話的語氣要平靜一點，措辭要小心一點。

「可是你有理由認為，那所學校是在巴黎？」

「是的，因為她的母親是個法國婦女，我聽說，她希望她的孩子在巴黎受教育。看起來她只可能在巴黎。」

「是的，」卡麥克先生說，「看起來可能性比較大。」

印度紳士俯身向前，用他的瘦長的手敲打著桌子。

「卡麥克，」他說，「我一定要找到她。如果她還活著，就總能找到她。如果她沒有朋友，沒有錢，那完全是我的過錯。我心裏還有這樣一樁心事，腦子怎麼會恢復正常？礦上的業務突然有了轉機，使我們最大膽的夢想都變成了現實，而可憐的克魯的孩子，卻可能在街上討飯！」

「別這樣，別這樣，」卡麥克說。「你要冷靜一點。找到那個孩子以後，你就可以移交給她一筆財富，這一點應該是你的安慰吧。」

「情況不妙的時候，我為什麼沒有足夠的勇氣堅守陣地？」卡里斯福特任性而痛苦地呻吟著。「如果我不是既要為自己的錢負責，又要為別人的錢負責，我相信我是會堅守陣地的。可憐的克魯把他所有的每一個便士都投入了我們的計劃。他相信我——他愛我。而他死去的時候以為是我毀了他——我——湯姆．卡里斯福特，跟他在伊頓公學一起打板球的人❷。他一定是把我看成一個十惡不赦的壞蛋了！」

「不要這樣苛刻地責備自己了。」

「我責備自己不是因為那場投機露出失敗的兆頭——我責備自己是因為喪失勇氣。我像個騙子、像個小偷一樣溜之大吉，因為我無法面對我最好的朋友，並且告訴他，我已經把他和他的女兒全毀了。」

大家庭心地善良的父親同情地把手放在他的肩上。

「你溜走，是因為你的精神受到折磨，變得過度緊張，造成大腦失常，」他說。「你已經有

❷伊頓公學，英國著名貴族中學，一四四〇年創辦於伊頓鎮。

點在說胡話了。如果不是這樣的話，你一定會留下來奮鬥到底的。你離開那個地方兩天以後，就被送進了醫院，躺在病床上起不來了，你害了腦炎，終日胡言亂語。你得記住這個情況。」

卡里斯福特雙手捧住前額。

「天哪！是的，」他說。「恐懼把我逼得走投無路。我一連幾個星期沒法睡覺。那天晚上，我搖搖晃晃離家出走，四周的空中好像充滿怪物，都在嘲弄我，對我做鬼臉。」

「這個情況本身就足以說明問題了，」卡麥克先生說。「一個腦炎即將發作的人，怎麼能清醒地作出判斷呢！」

卡里斯福特搖搖他垂下的頭。

「等到我恢復知覺以後，可憐的克魯已經死了，安葬了。我好像什麼都記不得了。幾個月過去了，又是幾個月過去了，可是我一點也記不得那個孩子。即使我開始回想起有她這麼個孩子，一切還是迷迷糊糊的。」

他停了一下，擦了擦前額。「現在我要回想往事的時候，常常還是這樣。我肯定有一次聽見過克魯講起，要把她送往哪個學校。難道你不這麼想嗎？」

「他可能講得不夠具體。看來，你連她的名字都從未聽到過。」

「他常常用一個奇特的小名——他自己取的——來稱呼她。他把她叫做我的『小女主人』。

可是那些倒楣的礦，把我們腦子裏別的東西都擠掉了。我們別的什麼也不談。如果他講過那個學校的話，我已經忘記了——我忘了。現在我再也記不起來了。」

「好了！好了！」卡麥克說。「我們還是會找到她的。我們要繼續尋找帕斯卡爾夫人講的那些敦厚的俄國人。她好像模糊地記得，他們住在莫斯科。我們把它作為一條線索。我要去一趟莫斯科。」

「如果我可以旅行的話，我會和你一起去，」卡里斯福特說，「可是我只能穿著皮衣，坐在這裏凝視著爐火。當我望著火焰的時候，好像看見克魯那張快樂年輕的臉也在望著我。他的樣子好像在問我一個問題。有時我晚上夢見他，他總是站在我面前，清清楚楚地問我同一個問題。你猜得出他說什麼嗎，卡麥克？」

卡麥克先生低聲回答：「猜不出。」

「他總是說：『湯姆，老朋友——湯姆——小女主人在哪裏？』」他抓住卡麥克的手，緊握不放。「我一定要能夠回答他的問題——一定！」他說。「幫助我找到她吧。幫助我。」

＊

在牆的另一側，莎拉正坐在閣樓裏，跟米奇塞德克說話，它剛從洞裏出來吃晚飯。

「今天，做一個公主很不容易呵，米奇塞德克，」她說。「比往常更加難做。近來天氣變得更冷了，街道也更泥濘了。我在門廳裏走過拉維妮亞身旁時，她嘲笑我沾滿泥漿的裙子，我立刻想出一句話可以回敬她——不過，我剛好來得及制止了自己。你不可以這樣以嘲笑回敬嘲笑——如果你是一個公主的話。可是你得咬緊牙關，才能控制住自己。我就咬緊了牙關。今天下午很冷，米奇塞德克。今天晚上也很冷。」

突然，她把黑色的腦袋沉倒在胳臂中間，她單獨一人時常這麼做。

「啊，爸爸，」她輕聲說，「我做你的『小女主人』的那些日子，已經離開我好長久、好長久囉！」

這就是那一天在牆的兩側分別發生的事情。

第十三章・一個平民孩子

這一年的冬天天氣很惡劣。有些日子，莎拉出門辦差事，得踩著雪往前走；有些日子情況更糟，雪融化了，和泥混在一起，變成稀爛的雪泥；再有些日子，濃霧瀰漫，街上的燈整天都亮著，倫敦的景象，恰恰跟幾年前的一個下午一模一樣。當時馬車正駛過大街，莎拉蜷起雙腳，依偎在她爸爸的肩膀上。

在這樣的日子裏，大家庭的房子的窗戶顯得格外舒適誘人，讓人看著都高興，印度紳士的書房裏，發出暖洋洋、紅艷艷的光芒。可是，閣樓卻是說不出的陰沉。莎拉再也看不到日落或是日出，再也看不到什麼星星。雲層低垂在天窗的上方，不是灰色，就是黃褐色，要不然就是大雨滂沱。到了下午四點鐘，即使沒有起霧，白晝已告結束。如果有事情需要到閣樓上去，只好點一支蠟燭。廚房裏的女僕們情緒抑鬱，因此脾氣也比往常更壞。

貝琪像一個奴隸一樣讓她們差遣著。

「要不是因為你，小姐，」一天晚上，她爬進閣樓以後喉嚨沙啞地對莎拉說——「要不是因為你，因為巴士底獄，因為當上了隔壁牢房的囚犯，我真會死的。現在看上去像真的一樣了，對嗎？女主人一天比一天更像牢房的看守長。你說過，她身上掛著一串大鑰匙，我能看見那些鑰匙。她手底下有幾個看守，廚師就是其中之一。請你再給我多講講，小姐，講講我們在牆腳下面挖地道的故事。」

「我來給你講一段溫暖一點的故事，」莎拉打著寒顫。「你把床罩裹在身上，我也這樣做，我們坐在床上，緊挨在一起，然後我來講給你聽，那個印度紳士的猴子從前居住的熱帶森林。當我看見它坐在窗子旁邊的桌子上，憂傷地望著大街的時候，我總覺得，它是在想熱帶森林，過去，它常常用尾巴吊在椰子樹上，盪著秋千玩。我不知道是誰把它捉來了，是否它還留下老婆孩子，要靠它採椰子養活它們。」

「這段故事是溫暖一點，小姐，」貝琪感激地說，「不過，不知怎麼的，你一開始講巴士底獄的故事，我也會感到暖和。」

「那是因為，它讓你去想別的東西，」莎拉說，用床罩把自己裹得更緊些，直到只剩下她的小臉露在外面。「我注意到了這一點。當你的身體受苦時，你必須讓你的心靈去想別的東西。」

「你能做到這一點嗎，小姐？」貝琪遲疑地問，一邊愛慕地望著她。

莎拉皺起眉頭想了一想。

「有時我能做到，有時我做不到，」她堅定地說。「可是當我能做到的時候，我的感覺就很好。我相信一點，就是我們永遠能夠做到——只要我們盡量多練習。最近我練習得很多，做起來比以前就容易一點。每當情況非常糟糕——簡直糟糕透頂的時候——我就拼命地去想自己是個公主。我心裏想：『我是個公主，而且是個仙女公主，因為我是仙女，所以沒有東西能夠傷害我，或者使我不舒服。』不知不覺它就使你忘記了痛苦。」說完，她笑了起來。

她碰到許多機會，可以使自己的心靈去想別的東西，也碰到許多機會，可以證明是否自己是一個公主。可是，她經受過的最重大的考驗之一，在一個天氣惡劣的日子降臨了。後來她常想，這場經歷，即使在未來的漫長歲月裏，也永遠不會從她的記憶裏消失。

一連幾天，雨一直下個不停；街道又冷又泥濘，還飄浮著陰沉寒冷的薄霧；到處都是泥漿——黏乎乎的倫敦的泥漿——一切東西都蒙上了細雨和迷霧的陰影。當然，有幾件費時間的辛苦差使要做——這種日子總是有差使的——莎拉出門跑了一次又一次，直到她的破舊衣服裏外全濕透了。她那頂可憐的帽子上的難看的舊羽毛，弄得又髒又濕，比以前更加難看，她那雙飽受踐踏的鞋子也已濕透，裏面已經灌滿了水。除此之外，明欽小姐還不許她吃午飯，這是她存心要懲罰莎拉。她飢寒交迫，又非常疲勞，臉上頓時消瘦下去，時而有些好心腸的行人，經過她身旁時會投以同情的目光。但是她沒有察覺。她急急忙忙往前走，盡力使自己的心靈去想別的東西。這的確是很必要的。她咬緊牙關，用身上剩下的全部力量作出「假裝」和「假定」。

可是今天這一次會有這麼難，她卻從來沒有體驗過。有一、兩次，她覺得「假裝」非但沒有減輕她的寒冷和飢餓，反而使她更冷、更餓。可是她頑強地堅持下去，當泥水在她的破鞋裏嘎吱嘎吱作響時，當寒風似乎要把她的薄外套括走時，她一邊走一邊自言自語，儘管她說話並不出聲，甚至連嘴唇也不動。

「假定我穿著乾衣服，」她想。「假定我有一雙好鞋子，一件又長又厚的外套，一雙長羊毛襪，一把完好的雨傘。再假定——假定——正當我走近一家麵包店時，是賣熱的小圓麵包的，我拾到一枚六便士硬幣——沒有主人的硬幣。假定，如果我拾到的話，我走進麵包店，買了六個最熱的小圓麵包，一口氣把它們全吃了。」

有時候，這個世界上會發生一些非常奇怪的事情。

莎拉身上發生的事情肯定是很奇怪的。她在這樣自言自語時，正好碰到要穿越馬路。路面積起很厚的泥濘——她幾乎是涉著泥水前進。她盡量小心地尋找踏腳點，可是仍不免沾上許多泥漿；只不過，在尋找踏腳點時，她必須低頭看著腳和泥水，就在她低頭看時——她剛好到達人行道——她看見陰溝裏有一樣亮晶晶的東西。實際上這是一枚銀幣——已經被許多雙腳踐踏過，然而還有些光澤，所以是亮晶晶的。它不是六便士硬幣，而是面值較次的一枚——四便士。

一剎那，那枚硬幣已經捏在她凍得紅一塊紫一塊的、冰冷的小手裏。

「啊，」她激動得透不過氣來。「這是真的！這是真的！」

接著，她真的把目光對準正在她面前的這家店鋪。這是一家麵包店，一個快活、健壯、血色很好、像是做了媽媽的女工，正在把一盤新烘好的麵包放進櫥窗裏，這些熱的小圓麵包剛剛出爐，美味可口，個兒大，圓鼓鼓，油光光，上面還有葡萄乾。

莎拉幾乎感到一陣頭暈目眩——這個突如其來的好運，這些誘人的圓麵包，以及從麵包店地下室窗戶裏飄出來的熱麵包的香味。

她知道，她用掉這枚小硬幣無需猶豫不決。顯然它已經在泥地裏躺了不少時間，它的主人早就在從早到晚熙熙攘攘的人流中消失了。

「可是我要去問問麵包店的女工，是否她遺失過東西。」她迷迷糊糊地想著。於是她走過人行道，她的濕鞋子踏上了台階。正當此時，她看見一樣東西，便停住了腳步。

那是一個瘦小的身影，比她自己還要可憐——這個小人兒只不過像是一捆破布，下邊伸出兩隻凍得通紅、沾滿汙泥、小小的光腳，破布的主人想要把腳遮住，可惜破布不夠長。破布的上邊露出一個腦袋，頭髮亂蓬蓬的，一張骯髒的臉，長著深陷的、飢餓的大眼睛。

莎拉一看見它們，就知道它們是飢餓的眼睛，她的同情心油然而生。

「她是，」莎拉心裏想，輕輕嘆了口氣，「一個平民孩子——她比我更飢餓。」這個孩子——這個「平民孩子」——抬頭注視著莎拉，瑟瑟縮縮往旁邊讓了讓，以便莎拉可以走過去。她習慣於被迫向一切人讓路。她知道，如果一個警察碰巧看見她，就會叫她「走開」。

莎拉握緊她的四便士硬幣，遲疑了一下。接著她就對那個孩子說話。

「你餓嗎？」她問。

那孩子的身體和破布又往後退避一點。

「我餓得要命！」她用沙啞的喉嚨說。「我餓得要命！」

「你吃過午飯嗎？」莎拉說。

「沒吃午飯！」——喉嚨更加沙啞，身子更退避一點。「也沒吃早飯——沒吃晚飯。一點東西也沒吃過。」

「從什麼時候起？」莎拉問。

「不知道。今天什麼也沒吃——沒有地方弄吃的。我討來討去討不著。」

只要看著這個孩子，就使莎拉感到肚子更餓，頭也更昏了。可是，那些古怪的思想在她的小腦子裏開始發揮作用，她自言自語起來，儘管她心裏非常難受。

「如果我是一個公主，」她說——「如果我是一個公主——當公主們被趕下王位，變得貧窮的時候——她們總是與平民分享一切——如果她們碰到比自己更貧窮更飢餓的人的話。她們總是與別人共享。圓麵包是一便士一個。如果這是個六便士硬幣，我就能吃六個麵包。現在我們兩個人誰也不夠吃。可是這比不吃東西總要好一點。」

「你等一等。」她對乞兒說。

於是，她走進麵包店。店裏很暖和，充滿著麵包香味。那個女工正要把更多的熱麵包放進櫥窗裏去。「對不起，」莎拉說，「你有遺失過四便士——一枚四便士銀幣嗎？」她拿出那枚人家丟失的小硬幣，遞給女工看。

女工看了看硬幣又看了看她——看著她真摯的臉孔和又髒又濕、而原先質地不壞的衣服。

「我的天，我沒丟過！」她回答。「是你撿到的嗎？」

「是的，」莎拉說。「在陰溝裏撿到的。」

「那麼你就拿著，」女工說。「硬幣在溝裏可能待了一星期了，天知道是誰丟的。你永遠弄不清的。」

「我知道，」莎拉說，「可是我想我得問問你。」

「你這樣做很難得。」女工臉上同時露出了困惑、感興趣以及和善的神色。

「你想買點什麼嗎？」當她看見莎拉瞅著小圓麵包時，就接著問。

「四個圓麵包，麻煩你，」莎拉說。「那種一便士一個的。」

女工走到櫥窗前，把幾個麵包裝進一隻紙袋裏。

莎拉注意到她裝了六個。「我是說四個，對不起，」她解釋說。「我只有四便士。」

「我多放兩個只是湊湊分量的，」女工和顏悅色地說。「我敢說，過一會兒你能吃下去的。你不餓嗎？」

莎拉的眼睛濕潤了。

「不，」她回答。「我餓極了！我衷心感謝你的好意；另外，」——她打算接下去說——「店門外面有一個孩子，比我餓得更厲害。」可是正當此時，兩三個顧客同時進來，都急著要買麵包，因此莎拉只得謝過女工，走出了店門。

那個女乞兒仍舊縮成一團坐在台階角落裏。她的一身破布又濕又髒，一副擔驚受怕的樣子。生活的困苦，使她神情恍惚、兩眼直愣愣地望著前方，莎拉看見她突然用粗糙的黑色的手背擦去幾滴眼淚，眼淚好像出乎意料地湧進眼眶，硬從眼瞼底下擠了出來。她正在含糊不清地嘟噥著。

莎拉打開紙袋，拿出一個熱麵包，她的手由於拿著麵包，也感到有點暖和。

「看見啦，」她說，把麵包放在乞兒的膝上，「又熱又好吃。吃了它，你就不會那麼餓了。」

乞兒吃了一驚，眼睛瞪著她，好像這樣突然來臨的驚人的好運嚇了她一大跳；接著，她抓起麵包，狼吞虎嚥地把它塞進嘴裏。

「喔唷！喔唷！」莎拉聽見她欣喜若狂地、沙啞地叫著：「喔唷！」

莎拉再拿出三個麵包給了乞兒。

乞兒喉嚨裏嘶啞、貪婪的吞嚥聲使人聽了難受。

「她比我還要餓，」她心裏想。「她是餓壞了。」可是，當她放下第四個麵包時，她的手發抖了。「我還沒有餓壞！」她說——於是她放下了第五個。

莎拉轉身離去時，那個流浪倫敦街頭的野孩子，還在貪婪地把麵包一個個抓起來吞下去。因為她在拼命地吃，所以，即便有人教過她禮貌的話——事實上是沒人教過——她也顧不上道謝了。她只是一個可憐的小動物。

「再見。」莎拉說。

她走到馬路對面時，回頭看了一眼。那個孩子兩隻手一手一個麵包，停止了吞吃，正在望著她。莎拉朝她輕輕點點頭，那個孩子再一次戀戀不捨地、好奇地凝視著她，也把頭髮蓬亂的腦袋點了幾下，她一口麵包也不咬，吃過的那個麵包也不接著吃，直到莎拉走得看不見為止。

這會兒，麵包店女工在朝櫥窗外面張望。

「我真沒想到！」她大聲說。「那個小姑娘真不該把她的麵包送給乞兒！又不是她自己不需要那些麵包。唉，唉，她看上去也很餓呀！誰能夠告訴我她為什麼這樣做，我願意謝謝他！」

她在櫥窗後面站了一會兒，沉思著這件事情。接著，她克制不住自己的好奇心。她走到門口，跟那個乞兒說話。

「誰給你的麵包？」她問乞兒。

乞兒朝莎拉即將消失的背影揚揚頭。

「她說什麼了？」女工問。

「她問我餓不餓。」沙啞的聲音回答。

「你怎麼說？」

「我說我很餓。」

「於是，她就進來買了麵包，還拿給你吃，對嗎？」

乞兒點點頭。

「給了你幾個？」

「五個。」

女工仔細地想了一陣。

「只給自己留下一個，」她低聲說。「她六個都能吃得下——我看得出來。」她望著遠處那個衣衫襤褸的人影，許多天來，她的心情通常是很輕鬆，此刻，卻感到有點激動不安。「但願她走得沒有這麼快就好了，」她說。「哎呀，她原先應該拿十二個麵包的。」接著，她轉臉對著乞兒。

「你現在還餓嗎？」她問。

「我總是感到餓，」乞兒回答，「不過，現在不像以前餓得那麼難受了。」

「到裏面來。」女工說，她把店門完全敞開著。

乞兒站起身來，拖著光腳進了屋。她簡直難以相信，會有人請她走進一個溫暖的、放滿麵包的地方。她不知道即將發生什麼事情。她甚至也不在乎。

「暖暖身子吧，」女工說，用手指著小小的店堂後間裏的爐火。「聽好，你沒有麵包吃的時候，可以到這裏來向我要。哎呀，為了那個小姑娘，我要送麵包給你吃。」

莎拉在剩下的一個麵包裏找到了安慰。不管怎樣，麵包是熱的，比沒有總要好一點。她一邊走，一邊掰下小塊麵包慢慢地吃著，好讓它經久一點。「假定這是個有魔法的麵包，」她說，「咬一口就等於吃了一頓好飯。那麼，照我這樣吃下去，就要吃得太飽了。」

她回到女子學校所在的廣場時，天已經黑了。周圍房子裏的燈都點亮了。大家庭的一個房間還沒有拉上窗簾，在那裏，她幾乎經常能看見他們家裏的人。

在這個時刻，她常常能看見她稱之為蒙莫倫西先生的那位紳士，坐在一張寬大的椅子裏，身邊圍繞著一小群孩子，他們說呀、笑呀，坐到椅子的扶手上或是他的膝蓋上，或是倚靠在他的身上。這天晚上，他身邊仍舊圍繞著孩子，可是他沒坐著。相反，大家都顯得很激動。顯然有人要出門旅行，而那個人正是蒙莫倫西先生。一輛馬車停在門前，一個很大的手提箱紮在馬車頂上。孩子們手舞足蹈、唧唧呱呱講個不停，纏住他們的父親不放。他們美麗而臉色紅潤的母親站在他們旁邊，好像在問幾個最後的問題。莎拉站定片刻，看見幾個小孩被大人抱起來親吻，大人又彎腰俯身讓另外幾個孩子親吻他們。

「我不知道他是否要離家很久，」她想。「那隻皮箱相當大。天哪，他們會多麼想念他呵！我自己也會想念他——即使他不知道有我這麼個人。」

他家的大門打開時，她走開去了，因為記起了那個六便士硬幣的事，可是，她看見那個出遠門的人走出來站定了，他的身後襯托著燈火輝煌的門廳，幾個年紀較大的孩子還圍繞在他身旁。

「莫斯科會覆蓋著雪嗎？」小姑娘珍妮特問。「那裏到處都是冰嗎？」

「你會坐俄式馬車嗎？」另一個孩子喊道。「你會見到沙皇嗎？」

「我會寫信把一切告訴你們的，」他笑著回答。「我還會給你們寄俄國農民和別的東西的畫片。快進屋裏去。今天晚上外面濕氣很重。我寧願跟你們待在一起，不想上莫斯科去。再見！再見，寶貝！上帝保佑你們！」說完，他跑下台階，跳上了馬車。

「如果你找到那個小女孩，把我們的愛帶給她。」蓋伊・克萊倫斯說，一邊在門口墊子上跳跳蹦蹦。然後他們回到屋裏，關上大門。

「你看見沒有，」她們走進房間時，珍妮特對諾拉說——「那個不是乞丐的女孩剛才走過我家門口？她看上去渾身又冷又濕，我看見她轉過頭來望著我們。媽媽說，她的衣服看上去好像是一個有錢人送給她的——那個人因為那些衣服太破舊了，沒法穿了，才讓她穿的。那所學校裏的人，碰到最惡劣的天氣，不管白天黑夜，總是差她出去跑腿。」

莎拉穿過廣場，來到學校地下室的階梯旁，感覺頭發暈，腳站不穩。

「我想知道那個女孩是誰，」她想——「他打算去找那個女孩。」

她走下地下室階梯，緊緊抱住籃子，感到份量確實很沉重。此時，大家庭的父親迅速驅車駛往火車站，搭乘開往莫斯科的火車，到了那裏，他將要盡最大的努力，去尋找克魯上尉的下落不明的小女兒。

第十四章・米奇塞德克的見聞

正是在這個下午，當莎拉出去的時候，她的閣樓裏發生了一件奇怪的事情。只有米奇塞德克看到和聽到；它很驚恐，又很迷惑不解，因此急忙逃回洞裏去躲藏起來，然後又戰戰兢兢、謹慎小心地偷偷望外探視，看看屋裏發生了什麼事情。

自從莎拉一清早離開閣樓以後，屋裏一整天寂靜無聲。只有落在石板瓦和天窗上的滴滴答答的雨點，才打破了這一片寂靜。米奇塞德克感覺很沉悶，等到雨停了，又是靜悄悄了，它就決定出來偵察一下，儘管經驗告訴它，莎拉還要過一會兒才回來。它一邊隨意走進，一邊嗅著氣味，正當它發現一塊麵包屑時——顯然這是上一頓美餐剩下的，這出乎它的意料之外，不知道為什麼會剩下——突然，屋頂上的一個聲音吸引了它的注意。它站住不動仔細聽著，心裏砰砰跳起來。聽上去，是有東西在屋頂上移動。它朝天窗過來了，它到天窗跟前了。不知用的什麼辦法，天窗打開了。一張黝黑的臉窺視著閣樓內部；接著，後面又出現了一張臉，兩個人都小心而滿懷興趣地觀察著。

兩個人站在屋頂上，準備悄悄地摸進閣樓裏來。一個人是蘭達斯，另一個是年輕人，他是印度紳士的秘書；可是，當然米奇塞德克不知道這一點。它只知道，這些人破壞了閣樓的寂靜，侵犯了閣樓主人的隱私權；那個黑臉皮的人輕巧俐落地穿進天窗落在地上，沒發出半點聲響，頓時，米奇塞德克掉轉身軀，急急逃回洞裏去。它嚇得要死！它面對莎拉已經不膽怯了，它知道，莎拉只會丟麵包屑，不會丟別的東西，她也只會發出柔和的、低低的逗引它的噓噓聲，而不會發出別的聲音；可是靠近陌生人是有危險的。它伏在洞口旁，害怕地張開明亮的眼睛，恰好能夠從縫裏察看外面的動靜。沒有人知道，它對兩個人的談話能夠聽懂多少；可是，即便它懂得他們在說什麼，它大概仍舊是迷惑不解的。

秘書年紀輕、動作靈巧，跟蘭達斯一樣聲息全無地進入了閣樓；他剛巧看見了米奇塞德克的尾巴尖。

「那是隻老鼠嗎？」他輕聲問蘭達斯。

「是老鼠，先生，」蘭達斯也輕聲回答。「牆裏面老鼠很多。」

「唷！」年輕人喊了一聲，「倒也奇怪，那孩子沒讓它們給嚇著。」

蘭達斯做了一個手勢。他也露出了敬佩的微笑。他在這個地方成了莎拉的親密講解員，雖然她只跟他說過一次話。

「這孩子是一切東西的小朋友，先生，」他回答。「她不像別的孩子。我看見她，而她沒看見我。好些個夜晚，我從石板瓦上悄悄過來，看看她是否安好。有時，我從自己家裏窗口觀察她，而她不知道我在近處。她站在桌子上，仰望天空，好像天空在對她說話。麻雀只要她一叫就會飛來。那隻老鼠，是她在孤獨的環境之中餵養和馴服的。這座房子的一個可憐的小奴隸，到她這裏來尋求安慰。有一個年紀很小的孩子，偷偷上她這裏來；還有一個年紀大一點，很崇拜她，那個孩子聽她講故事的時候，希望她最好永遠講下去。這些都是我在屋頂上看到的。至於這座房子的女主人——她是個壞心腸的女人——她把這個孩子當作賤民來對待；可是這個孩子的風度，真像是帝王人家的金枝玉葉！」

「她的事情你好像知道得很多。」秘書說。

「我知道她每天的全部生活，」蘭達斯說。「我知道她出門，她回來；她的悲哀、她的可憐的樂趣；她受凍，她挨餓。我知道，晚上她一個人坐到半夜，學習書本；我知道，她的秘密朋友偷偷上這裏來，她就比較高興一點——孩子們是這樣的，甚至在貧困之中也是如此——因為她們一來，她就可以笑了，還可以跟她們說些悄悄話。要是她以後病了，讓我知道的話，我願意來服侍她，如果可以這麼做的話。」

「你得肯定除了她以外，沒有人走近這個閣樓，你得肯定她不會回來撞見我們。如果她發現我們在這裏，她要受驚的。那樣，卡里斯福特先生的計劃就要失敗了。」

蘭達斯悄悄走近門口，站著不動。

「除了她，沒有人上這裏來，先生，」他說。「她提著籃子出門去了，可能要出去幾個小時。我站在這裏，有人上來的話，還沒跨上最後一段樓梯，我已經聽得見腳步聲了。」

秘書從胸袋裏取出一支鉛筆和一本筆記簿。

「豎起耳朵聽好。」他說；接著，他輕輕邁著步，在可憐的小屋裏緩緩兜了一圈，一邊觀察，一邊迅速在筆記簿上做著記錄。

首先他來到狹窄的鐵床前。他用手按了按床墊，不由驚叫了一聲。

「硬得像塊石頭，」他說，「哪天她不在的時候，一定要把它換掉。要特別想辦法把床墊搬過來。今天沒法換。」他掀開床單，察看那個薄枕頭。

「床罩很髒、很舊，毯子太薄，床單打著補釘，破破爛爛，」他說。「讓一個孩子睡這樣一張床——還是在一所自稱為優等的學校裏！那邊壁爐裏有好多日子沒生火了！」他瞅了瞅那個生鏽的壁爐。

「我從來沒看見裏面生過火，」蘭達斯說。「這座房子的女主人不會記得，除了她之外還有一個人可能在受凍。」

秘書在本子上很快地寫著。寫完後，他撕下一頁，塞進胸前的口袋裏。

「很奇怪，用這種方法做這件事，」他說。「是誰出的主意？」

蘭達斯謙虛並帶著歉意地表示承認。

「說真的，第一個這麼想的是我，先生，」他說，「儘管這只不過是幻想。我很喜愛這個孩子，因為我們兩個人都感到孤單。她經常把她的幻想講給她的秘密朋友聽。有一天晚上，我心裏很憂傷，就躺在開著的天窗邊上細聽。她在幻想裏講到，如果裏面有各種舒適的用品，這個可憐的房間會變成什麼樣子。她描述的時候好像看見了那些東西，於是她的情緒就愉快和活躍起來。第二天，我家老爺身體不舒服，精神也很愁悶，我就跟他講了這件事，給他解悶。當時，這好像只是個夢想，但是老爺聽了很高興。聽到這孩子所做的事情，使他得到很大的樂趣。他對她產生了興趣，問了一些問題。最後，他想到可以把她的幻想變成現實，對此他感到滿意。」

「你認為可以在她睡覺的時候做這件事嗎？假定她醒了怎麼辦？」

秘書提醒她。顯然，不管討論中的這個計劃內容如何，它已經既受到克里斯福特先生的喜愛，又受到了蘭達斯的喜愛。

「我行動的時候，腳可以柔軟得像天鵝絨，」蘭達斯回答，「孩子是睡得很熟的——甚至不快活的時候也是這樣。我可以在晚上多次進入這個房間，而不會使她睡不安穩。只要另一個人把東西從窗口遞給我，其他全都由我來做，她就一點也不會察覺。她醒來的時候，會以為有一個魔法師來過這裏了。」

他微笑著，彷彿他的白袍裏面的那顆心感到了溫暖，秘書也向他微笑作答。

「它會像『天方夜譚』裏的故事一樣，」他說。「只有一個東方人才能想得出來。它不屬於倫敦的霧。」

他們沒有停留很久，這使得米奇塞德克感到很寬慰，因為它大概沒有理解兩個人的談話，所以覺得他們的動作輕巧和竊竊私語是不祥之兆。年輕的秘書似乎對每一樣東西都感興趣。他作下記錄的有地板、壁爐、破損的腳凳、舊桌子和牆壁——最後他用手一次又一次地觸摸牆壁，當他發現好幾個地方釘著舊釘子的時候，顯得很感興趣。

「你可以把東西掛在釘子上。」他說。

蘭達斯神秘地微笑著。

「昨天她不在的時候，」他說，「我進屋來，隨身帶著幾顆銳利的小釘子，我不用鋤頭敲，就能把它們釘到牆裏去。我根據需要，在石灰牆上釘了好些釘子，現在它們可以派上用場了。」

印度紳士的秘書靜靜站著環顧四周，一邊把筆記簿塞進口袋裏。

「我看我記得很詳細；我們現在可以走了，」他說。「克里斯福特先生是個熱心人。他至今沒找到那個失落的孩子，真是太遺憾了！」

「如果他找到了那個孩子，他的力量就會完全恢復的，」蘭達斯說。「他的上帝可能會指引她回來的。」

接著，兩個人像進來的時候那樣，聲息全無地爬出了天窗。過了一會兒，米奇塞德克肯定他們已經走了，心裏的石頭才落下地，它感到再次出洞是安全的，於是急忙在屋裏四處奔跑，希望甚至像這樣可怕的人，碰巧也會在口袋裏裝些麵包屑，並且落下幾粒在地上。

第十五章・魔法

莎拉經過隔壁房屋的時候，看見蘭達斯正在關百葉窗，她順便向屋裡看了一眼。

「我置身內部來觀察一個美好的地方，這是很久以前的事啦。」莎拉心裡閃過這樣的想法。和往常一樣，壁爐裡燃燒著明亮的爐火，印度紳士正坐在爐火前面。他的一隻手撐著頭，看上去仍舊是那樣孤單和憂鬱。

「可憐的人！」莎拉說。「我真想知道你在假定什麼。」

此刻，他正在假定的東西就是這樣。

「假定，」他心裡想，「假定——即使卡麥克跟蹤俄國人去了莫斯科——他們從巴黎帕斯卡爾夫人的學校帶走的小女孩，卻不是我們正在尋找的那一個。假定她完全是另一個孩子。那麼，下一步我該怎麼辦？」

莎拉走進學校時，遇見了明欽小姐。她剛剛下樓來訓斥廚師。

「你到哪裡去逛蕩了？」她責問莎拉。「你出門已經幾個小時了。」

「地面又潮濕、又泥濘，」莎拉回答。「很難走，因為我的鞋壞得不像樣子，容易打滑。」

「別找藉口，」明欽小姐說，「也別說謊話。」

莎拉去到廚師那裡。廚師剛剛挨了一頓嚴厲的訓斥，憋了一肚子的氣。找個人來出出氣，她可是太高興了，像往常一樣，莎拉是個現成的出氣筒。

「為什麼你不在外面逛上一夜啊？」她怒聲說。

莎拉把買來的東西放在桌上。

「東西都在這裡。」她說。

廚師仔細檢查了一下，嘴裡咕噥著。她的情緒確實壞透了。

「我可以吃點東西嗎？」莎拉的聲音很微弱。

「茶喝完了，都收掉了，」廚師回答。「難道你要我準備好熱茶伺候著你嗎？」莎拉默默地站了一會兒。

「我還沒吃過午飯。」接著她說，她的聲音很低。她有意壓低聲音，因為她唯恐自己說話會顫抖。

「儲藏室裡還有點麵包，」廚師說。「到了這個時候就只有麵包了。」

莎拉去找到了麵包。這塊麵包時間很長了，又硬又乾。廚師的情緒太壞，不願意給她別的東西和著麵包一起吃。在莎拉身上發洩怨氣，永遠是安全方便的。說真的，這孩子還要爬上長長的三段樓梯，才能到達閣樓，她可是連腿也提不起了。她累的時候，往往感到它們是又長又陡；特別是今晚，她好像永遠到不了樓梯頂了。她不得不停下來歇了幾次。當她到達頂端樓梯平台時，她高興地看到，房門底下露出了一線光輝。這意味著，亞門加德已經設法上樓來探望她。它給莎拉帶來安慰，讓她好受一點。否則的話，她就要孤零零地走進這個淒涼空虛的房間。只要房間裡有胖胖的、容易相處的亞門加德，披著她那條紅披巾，就會感到一絲溫暖。

不錯；她一推開門，就看見亞門加德在房裡。她正坐在床的中央，兩隻腳縮攏在身子底下以保安全。她從來沒有跟米奇塞德克和它一家建立親密關係，儘管它們使她神魂顛倒。她一個人在閣樓裡的時候，寧願坐在床上等莎拉回來。

事實上，這天晚上她的神經已經相當緊張了，因為米奇塞德克跑出洞外，四處亂嗅一陣，有一次，它坐在自己的後腿上，一邊看著她，一邊對準她的方向呼哧呼哧地吸著氣，使她壓低喉嚨發出一聲尖叫。

「啊，莎拉，」她喊道，「我很高興你回來了。米奇塞德克一直在四處亂嗅。我想哄它回洞去，可是它嗅了這麼長時間還不願意回去。我喜歡它，你知道；可是當它對準我吸氣的時候，確實嚇了我一跳。你看它會不會跳上床？」

「不會。」莎拉回答。

亞門加德在床上爬過去看著她。

「你看上去真的累了，莎拉，」她說。「你的臉色很蒼白。」

「我是累了，」莎拉說，一屁股坐在那張擺不平的腳凳上。「啊，米奇塞德克來了，可憐的傢伙。它是來要晚飯吃的。」

米奇塞德克已經從洞裡出來，好像它一直在聽著莎拉的腳步聲。莎拉肯定它知道這一點。它走過來，露出親熱、期待的表情，莎拉把手放進口袋裡，翻出口袋的內側，向它搖搖頭。

「我非常抱歉，」她說。「一粒麵包屑也沒剩下。回家去吧，米奇塞德克，告訴你妻子，我的口袋裡沒有東西。對不起，我是忘記了，因為廚師和明欽小姐火氣太大了。」

米奇塞德克好像理解她的意思。它順從地，儘管是不大滿意地，拖著腳回洞去。

「我沒想到今天晚上會看見你，亞米。」莎拉說。

亞門加德把身上的紅披巾包緊一點。

「今晚，阿米莉亞小姐出去了，去看望她的老姑母了，」她解釋說。「我們睡覺以後，別人從來不會來查房間。我可以待在這裡直到天亮，如果我想這樣做的話。」

她指指天窗下面的桌子。莎拉進來時沒往那邊看。桌子上疊著幾本書。亞門加德的手勢顯得垂頭喪氣。

「爸爸又寄了一些書給我，莎拉，」她說。「就是這些。」

莎拉掉頭一看，立刻站起身來。她跑到桌子旁邊，拿起最上面的一本書，很快地翻了幾頁。頓時間，她忘記了困苦的處境。

「啊，」她喊道，「太妙啦！卡萊爾的《法國革命》❶。我一直非常想看這本書！」

「我還沒看過，」亞門加德說。「如果我不看的話，爸爸會很生氣的。我放假回家的時候，他會期待我懂得全部內容的。我該怎麼辦呢？」

莎拉停止翻書，看著亞門加德，臉上升起興奮的紅暈。

「你聽好，」她大聲說，「如果你把這些書借給我，讓我來看——然後，我把書裡的全部東西講給你聽——我還會講得讓你也記住那些東西。」

「天哪！」亞門加德喊叫起來。「你認為你能做到嗎？」

「我知道我能做到，」莎拉回答。「那幾個小女孩總能記住我跟她們講的東西。」

❶ 卡萊爾（一七九五—一八八一），蘇格蘭散文作家和歷史學家，寫有《法國革命》、《論英雄、英雄崇拜和歷史上的英雄事蹟》等著作。

「莎拉，」亞門加德說，圓臉上閃耀著希望的光芒，「如果你做得到，讓我記住的話，我要——隨便什麼東西我都肯給你。」

「我不要你給我什麼東西，」莎拉說。「我要你的書——我要書！」她的眼睛睜得大大的，胸膛起伏不止。

「那你就把書拿去吧，」亞門加德說。「我但願我會要這些書——可是我不想要。我不聰明，我爸爸聰明，他認為我也應該聰明。」

莎拉把書一本一本地翻閱著。「你打算跟你父親怎麼說？」她問道，心裡升起一個疑團。

「呃，他不必知道，」亞門加德回答。「他會以為我已經看過這些書了。」

莎拉把書放下，慢慢地搖搖頭。「那樣做簡直像是在撒謊了，」她說。「撒謊嘛——嗯，你知道，不僅是罪惡的——而且是低級的。有時候，」——她沉思著——「我想過，也許我會做出罪惡的事情——也許，當明欽小姐在虐待我的時候，我會突然滿腔憤怒，殺死了她——可是我不可以低級。為什麼你不能告訴你父親，是我看過了書？」

「他要我看這些書的。」亞門加德說，事情發生這樣的意外轉折，使她有點洩氣。

「他要你知道書裡面的內容，」莎拉說。「如果我能夠用簡易的方法講給你聽，讓你記住它，我想，他是會喜歡的。」

「只要我學到東西，隨便用什麼方法，他都會喜歡的，」亞門加德懊悔地說。「如果你是我爸爸，你也會喜歡的。」

「這不是你的錯——」莎拉開口說。但她突然停止，不說下去了。她原先打算說：「這不是你的錯——你笨。」

「什麼呀？」亞門加德問。

「你不能很快學會東西，」莎拉改變了說法。「如果你不能，你就不能吧。如果我能——我就能；就是這麼回事。」

她對待亞門加德一直滿懷柔情，設法不讓她對這一點感到非常強烈的區別：立刻能夠學會東西與一點不能夠學會東西。當她看著亞門加德的圓臉時，她的一個聰明的、大人氣的想法出現在腦際。

「也許，」她說，「能夠很快學會東西並不包括一切。對於其他人來說，心眼好具有很大價值。如果明欽小姐知道世界上的一切東西，為人卻和現在一樣，那麼她就仍舊是一個可憎的人，大家都會討厭她。許多聰明人做了有害的事情，成了邪惡的人。你看羅伯斯比爾❷——」

她停下來，仔細看一看亞門加德的臉，發現她顯示出茫然不解的表情。「你不記得啦？」她問。「我不久前給你講過他的事。我看你已經忘掉了。」

「嗯，我記不得全部事情了。」亞門加德承認。

「好，您稍等一下，」莎拉說，「我把濕衣服脫了，把床罩披在身上，重新給你講一遍。」

她脫下帽子和外套，掛在牆上的一顆釘子上，把濕的鞋脫了，換上一雙舊拖鞋。然後她跳到床上，用床罩包住了肩膀，雙臂摟住膝蓋坐下來。

「現在，聽好。」她說。

她認真地開始敘述法國革命的駭人聽聞的歷史，她的故事講得非常精采，嚇得亞門加德把眼睛睜得滾圓，連呼吸也摒住了。不過，雖然她感到害怕，可是也感到激動和愉快，同時，她以後

---

❷羅伯斯比爾（一七五八—一七九四），法國資產階級革命時期雅各賓派領袖，熱月政變時被逮捕處死。

就不可能再忘記羅伯斯比爾，或者對朗巴爾親王夫人一無所知❸。

「你知道，他們把她的頭挑在長矛上，圍著它跳舞，」莎拉大聲說。「她的美麗的金黃色長髮隨風飄揚；每次我想起她，從來沒看見她的頭連著軀體，總是挑在長矛上，四周是暴怒的人群在跳舞和嚎叫。」

兩人約定，把她們的計劃講給聖約翰先生聽，眼前，這些書就放在閣樓裡。

「現在，我們隨便聊聊吧！」莎拉說。「你的法語課情況怎麼樣？」

「自從上次我上樓來，你給我說明了動詞變位，情況就好得多了。明欽小姐搞不懂，為什麼第二天早晨我的練習會做得那麼好。」

莎拉笑了起來，抱緊了自己的膝蓋。

「她也搞不懂，為什麼洛蒂的算術做得那麼好，」她說，「那也是因為她爬上閣樓來，我幫助了她。」她掃視了一下房間。「這個閣樓是很不錯的——如果不是這麼破破爛爛的話，」說著，又笑了起來。「在裡面假裝做什麼事情，是個好地方。」

實際上，對於閣樓裡簡直無法忍受的那個生活側面，亞門加德是一無所知的，同時，她缺乏

❸朗巴爾親王夫人（一七四九—一七九二），王后內府總管，法國大革命中被斬首。

足夠豐富的想像力，無法自己作一番描繪。她到閣樓上來的機會很少，每次來，看到的總是另一個側面，莎拉向她作出一些「假裝」，給她講一些故事，使得她非常興奮。她的來訪帶有冒險的性質，儘管有時莎拉臉色很蒼白——不可否認，她也的確是長得很瘦——但她那小小的自尊的個性不容許抱怨訴苦。她從來不表白，有時她幾乎飢腸轆轆，那天晚上也是如此。她正在很快地發育，加上她不斷走啊跑啊，因此即使她固定地一日三餐，菜肴豐盛，營養更充足得多，而不是根據廚房的方便，不固定地隨便吃一點倒胃口的低劣食物，她的食慾也會是很強的。她對自己胃裡的一種疼痛感已經逐漸習慣了。

「我假定，戰士們在長距離疲勞的行軍途中，是會有這種感覺的。」她心裡常想。她喜歡這個詞組的聲音，「長距離疲勞的行軍」。它使她感覺自己像個戰士。她還有一種古怪的意識：她是閣樓的女主人。

「如果我住在一座城堡裡，」她論證說，「亞門加德是另一座城堡的女主人，過來看我，身邊還有武士、侍從、僕人騎馬陪同，三角矛旗迎風飄揚；當我聽見吊橋外面號角齊鳴，就要下去迎接她，在宴會廳裡設宴招待，並且宣召一些藝人來唱歌、演戲、敘述傳奇故事。現在她到閣樓裡來，我擺不出筵席，可是我能講故事，我不讓她知道令人不愉快的事情。我敢說，在發生飢荒的年代，有的城堡女主人的土地上的莊稼被人搶走了，她也只好這樣做。」她是一個自尊、勇敢城堡小女主人，她慷慨地與別人分享她所能提供的唯一物品——她的夢境——她的幻想——給予她喜悅和安慰的想像。

因此，當她們一起坐著的時候，亞門加德不知道莎拉頭發昏，肚子餓得要命，不知道莎拉說話的時候，不時地感到，如果只剩她一個人，飢餓會不會允許她睡覺。她感到，以前好像從來沒有餓得這麼厲害。

「但願我跟你一樣瘦就好了，莎拉，」亞門加德突然說。「我看你比過去要瘦一點。你的眼睛看上去這麼大，看看你的胳臂肘，尖尖的小骨頭突出來了！」

莎拉把縮上去的袖管拉了下來。

「我一直是個瘦孩子，」她勇敢地說，「我的眼睛也一直很大。」

「我喜愛你的奇特的眼睛，」亞門加德說，一邊熱情羨慕地看著它們。「它們看上去好像能看得很遠。我喜愛它們——愛它們的綠顏色——儘管眼睛一般是黑色的。」

「它們是貓眼睛，」莎拉笑了，「可是我的眼睛在黑暗中看不見東西——因為我試過了，我看不見——但願我能看得見就好了。」

正在此時，天窗旁邊有一點動靜，她們兩人都沒瞧見。如果她們當中任何一個人恰好回頭看見，她準會大吃一驚，那是一張黝黑的臉，小心地向房裡窺視一下，又很快消失了，來去都沒發出一點聲響。不過，去的時候稍微有點聲響。莎拉的耳朵很靈，她突然偏過頭，往上看著天窗。

「這聲音不像米奇塞德克，」她說。「不是那種搔扒聲。」

「什麼？」亞門加德有點吃驚地說。

「你聽到什麼聲音沒有？」莎拉問。

「沒——有，」亞門加德遲疑地說。「你聽到啦？」

「也許我沒聽到，」莎拉說，「可是我想我是聽到的。聽上去好像石板瓦上有什麼東西——輕輕移動的聲音。」

「這會是什麼呢？」亞門加德說。「會是強盜嗎？」

「不，」莎拉樂呵呵地說。「這裡沒東西可偷——」

她話說到一半停住了。兩個人都聽到了打斷她說話的聲音。它不是在石板瓦上，而是在下面的樓梯，這是明欽小姐發火的聲音。莎拉跳下床，吹滅了燭火。

「她在罵貝琪，」她站在黑暗中悄悄說。「她把貝琪罵哭了！」

「她會到這間房裡來嗎？」亞門加德也悄悄說，她感到萬分恐慌。

「不會。她會以為我睡了。別動。」

明欽小姐很少踏上最後這段樓梯。莎拉記得她以前只上來過一次。可是此刻她怒氣沖沖，收不住腳，至少走上了幾步樓梯，聽上去她趕著貝琪走在她前面。

「你這個厚顏無恥的、不誠實的小孩！」她們聽見她說。「廚師告訴我，她老是丟東西。」

「不是我呀，夫人，」貝琪啜泣著說。「我是很餓，但那不是我——決不是我！」

「你真該去坐牢房，」這是明欽小姐的嗓音。「偷呀撈呀！竟然偷吃半個肉餡餅！」

「不是我呀，」貝琪哭著說。「整個餅我都吃得下——可是我從來沒碰過它。」

明欽小姐一半是因為發火，一半是因為爬樓梯，弄得氣喘吁吁。那個肉餡餅，本來是準備著做她的宵夜點心的。聽得出來，她打了貝琪的耳光。

「不要撒謊，」她說。「快回你屋裡去。」

莎拉和亞門加德都聽見了括耳光的聲音，接著，聽見貝琪拖著塌鞋跟的鞋，跑上樓梯，奔進自己的閣樓。她們聽見她關上房門，知道她撲倒在床上。

「我兩隻餅也吃得下，」她們聽見她悶在枕頭上哭泣著。「可是我一口也沒咬過。是那個廚師自己，送給她的警察相好了。」

莎拉在黑暗中站在房間中央。她咬緊牙齒，伸出的雙手猛烈地放開了再捏攏。她幾乎沒法站著不動，但是她不敢移動，直到明欽小姐走下樓梯，周圍恢復一片寂靜為止。

「這個沒人性的壞蛋！」她突然喊道。「廚師自己拿了東西，反說是貝琪偷的。她不會偷！

她不會偷！有時，她餓壞了，竟然到垃圾桶裡去找麵包皮吃！」她把手緊緊覆蓋在臉上，禁不住激動地輕聲啜泣起來。亞門加德親眼目睹這件非比尋常的事情，完全被它嚇壞了。莎拉哭了！這個不可征服的莎拉！這好像指明了一樣新的東西——她以前不知道的某種情緒。假定——！假定！頃刻之間，在她善良而反應緩慢的小心靈中，呈現了一種新的可怕的可能性。她在黑暗中爬下床鋪，摸到放著蠟燭的桌子面前。她擦亮了一根火柴，點燃了蠟燭。點亮蠟燭以後，她俯身向前看著莎拉，在她的眼睛裡，那個新的想法正在變成明確的憂慮。

「莎拉，」她以膽怯的、幾乎是敬畏的語氣說，「你——你從來沒告訴我——我不想對你無禮，可是——你挨過餓嗎？」

在這樣的時刻，問這樣的問題，實在是無法抵擋了。她的心理防衛崩潰了。莎拉從手裡抬起了臉。

「是的，」她帶著新的激情說。「是的，我挨過餓。此刻，我餓得簡直可以把你吃下去。聽見可憐的貝琪的事情，使我更加受不了。她比我餓得還要厲害。」

亞門加德呼吸急促起來。

「啊！啊！」她悲痛地哭喊著：「可是我從來不知道！」

「我不想讓你知道，」莎拉說。「那樣會使我覺得自己像個馬路上的乞丐。我知道，我看起來像個乞丐。」

「不，你不像——你不像！」亞門加德打斷她的話。「你的衣服有點兒古怪——可是你不會看著像乞丐。你沒長著乞丐的臉。」

「有一次，一個小男孩出於仁慈之心，給我一枚六便士硬幣，」莎拉說，禁不住短促地笑了一聲。「這就是。」她從頸脖上拉出了那根細緞帶。「如果我看上去不像需要這個六便士，他是不會給我這枚硬幣做聖誕禮物的。」

不管怎麼樣，看見這枚可貴的、小小的六便士，對她們倆都是安慰。兩個人都笑了起來，儘管眼睛裡都含著淚水。

「他是誰？」亞門加德問，她看著硬幣的神情，好像它不僅僅是一枚普通的銀幣。

「他是個可愛的小寶貝，正要出門去做客，」莎拉說。「他是大家庭的一個孩子，那個兩腿滾圓的小男孩，我把他叫做蓋伊・克拉倫斯。我猜想，他的小房間裡一定擺滿聖誕禮物，禮籃裡裝滿各色糕點糖果，他看得出來我什麼也沒有。」

亞門加德往後跳了一小步。莎拉最後的幾句話，使她煩惱的心靈想起一件事情，給予她意外的鼓舞。

「啊，莎拉！」她喊道。「我多麼傻呀，以前沒想到過這一點！」

「想到什麼？」

「一個絕妙的主意！」亞門加德激動得迫不及待地說。「就在今天下午，我的最好的姑母，給我寄來一個盒子。裡面裝滿了好東西。我一點也沒碰過。我晚飯時吃了那麼多布丁，爸爸寄來的書也讓我心裡很煩。」她滔滔不絕地說下去。「裡面有蛋糕、小肉餡餅、果醬餡、圓麵包、橘子、紅葡萄酒、無花果和巧克力。讓我悄悄回自己房間去，馬上把它取來，我們現在就可以吃。」

莎拉幾乎站不穩了。一個人餓得發暈的時候，提一提食物就會產生意想不到的效果。她抓住亞門加德的胳臂。

「你認為——你做得到？」她激動地說。

「我知道我能做到，」亞門加德回答，她跑到門口——輕輕把門打開——把頭伸出門外側耳細聽。然後她回到莎拉身邊。「燈全熄了。大家都睡了。我可以躡手——躡腳——沒有人會聽見的。」

這個主意太叫人高興了！

兩個人握住手，莎拉的眼睛突然放出光采！

「亞米！」她說。「我們來假裝一下！假裝開一次宴會！哎，你願意邀請隔壁牢房的囚犯嗎？」

「當然願意！我們這就來敲牆壁。牢房看守不會聽見的。」

莎拉走到牆壁房邊。透過牆壁她可以聽見，貝琪的哭聲低下去了。她敲了四下。「這個意思是：『從牆腳下的秘密通道到我房裡來』，」她解釋說。「『我有事情要告訴你』。」

隔壁很快的答應了五下。

「她來了！」莎拉說。

話剛說完，房門就開了，貝琪站在門口。她的眼睛紅腫，帽子歪戴著，她一看見亞門加德，就不安地用圍裙揩著臉。

「我在這裡你一點也不用擔心，貝琪！」亞門加德大聲說。

「亞門加德小姐請你進來，」莎拉說，「因為她就要去拿一盒子好東西上來給我們。」

貝琪的帽子差一點掉下來，她非常激動地插嘴說：

「吃的東西，小姐？」她說。「好吃的東西嗎？」

「是的，」莎拉回答，「我們打算假裝開一次宴會。」

「你們想吃多少，就有多少，」亞門加德補上一句。「我馬上就去！」

她走得十分匆忙，當她踮起腳尖走出房門時，紅披巾掉在地上，她也未曾察覺。當時大家都沒看見。貝琪因為好運從天而降，難以控制自己的感情。

「啊，小姐！啊，小姐！」她呼吸急促地說。「我知道，是你要她讓我來的。想——想到這一點我就要哭。」她走到莎拉跟前，站定了，崇拜地望著她。

可是，在莎拉的飢餓的眼睛裡，固有的光輝開始放出異彩，改變了周圍的世界。這裡，在閣樓裡——外面是寒冷的夜——下午剛剛在泥濘的街上度過——剛才那個乞兒的可怕的飢餓眼神，還縈繞在腦際——這件簡單的、令人高興的事情，已經像魔法一樣出現了。

她有點透不過氣。

「不知怎麼的，」她大聲說，「正巧在情況變得糟糕透頂以前，總會發生某種奇事。好像有人施了魔法。只要我能永遠記住這一點就好了。最壞的情況永遠不會真正來到。」

她輕輕搖搖貝琪的肩膀，給她鼓鼓勁。

「別，別！你不許哭！」她說。「我們得趕緊鋪好桌子。」

「鋪桌子，小姐？」貝琪看了看房間四周。「我們拿什麼東西來鋪呢？」

莎拉也看看房間四周。

「好像沒什麼東西。」她回答，差點笑出來。

這時她看見一樣東西，就衝過去抓在手裡。那正是亞門加德落在地上的紅披巾。

「這裡有一條紅披巾，」她高聲說。「我知道她不會在乎的。它可以做一塊非常好看的紅桌布。」

她們把舊桌子拉過來，把紅披巾鋪在上面。紅顏色看上去異常賞心悅目，使人感到舒服。房間馬上有了漂亮的裝飾。

「地板上有一塊紅地毯的話，那該多美呀！」莎拉喊著說。「我們必須假裝有一塊！」

她的眼睛愛慕地迅速掃視著光禿禿的地板。地毯已經鋪上了。

「它多麼軟、多麼厚啊！」說著，她笑了一笑，貝琪懂得她的意思；她抬起腳，再輕輕把腳放下，好像感到腳下面有東西。

「是的，小姐。」貝琪回答，一本正經地高興地看著她。她總是非常一本正經的。

「那麼，接下去是什麼呢？」莎拉說，她站定了，兩隻手矇著眼睛。「我只要想一想，等一等，東西就會來的。」她以柔和、期待的語調說。「魔法會告訴我的。」

她最喜愛的幻想之一，就是在她所謂的「心神之外」，各種意念等待著人們去召喚它們。貝琪以前曾多次看見過她站著等待，她知道，片刻以後，莎拉就會展示出領悟的笑容。

果然如此。

「瞧！」她喊道。「它來了！現在我知道了！我當公主時有一隻舊箱子，我得到那裡去找。」

她飛快地跑到放著皮箱的角落裡，蹲下身子。皮箱放在閣樓裡並非為了她的方便，而是因為別處放不下。裡面沒有好東西，只剩下一些蹩腳貨。可是她知道，她會找到某樣東西。魔法總是會作出巧妙安排的。

皮箱的一個角落裡，有一個不顯眼的小包袱，它被人忽視了，莎拉發現以後，就把它當做紀念品保存著。裡面裝著十二條白色小手帕。她高興地取出小手帕，跑到桌子跟前。她開始把手帕排列在紅色桌布上，輕輕拍平，耐心地擺弄著，讓細花邊捲曲起來朝外，她做這件事情的時候，她的魔法為她施展著魔力。

「這些是盤子，」她說。「是金色的盤子。這些是帶有鮮豔刺繡的餐巾。是西班牙修道院裡的修女製作的。」

「是嗎，小姐？」貝琪低聲說，這一個信息振奮了她的精神狀態。

「你一定要假裝這樣，」莎拉說。「你作出足夠的努力以後，就會看見它們。」

「是的，小姐。」貝琪說；當莎拉回到箱子那邊去的時候，貝琪開始專心致志地努力完成一項她想望已久的目標。

莎拉回轉身來，突然發現貝琪站在桌子旁邊，樣子非常古怪。她閉上兩眼，臉上的肌肉奇怪地一陣陣抽動，兩隻手捏緊拳頭，低垂在身體兩側。看上去，她好像是在努力舉起巨大的重量。

「出什麼事啦，貝琪？」莎拉叫道。「你在做什麼？」

貝琪吃了一驚，張開了眼睛。

「我是在『假裝』呀，小姐，」她侷促不安地回答。「我要像你那樣，盡力看見假裝的東西。我差一點就做到了，」她滿懷希望地露齒一笑。「可是這件事情要花很大的力氣。」

「如果你還沒有習慣，也許要花很大力氣，」莎拉親切而同情地說，「可是你經常這麼做的話，那就不知道有多容易了。我在開始的時候，也不會這麼吃力地去做。過一段時間，你就會掌握這個本事的。我就要告訴你，這是什麼東西。你看。」

她從箱底翻出了一頂舊遮陽帽，拿在手裡端詳著。上面有一個花環。她把花環拉下來。

「這些是宴會用的花環，」她莊重地說。「它們使空氣中充滿香味。臉盆架上有一隻大口杯，貝琪。哎——把那個肥皂盤也拿來，做餐桌中央的裝飾品。」

貝琪恭恭敬敬地把東西拿過來。

「現在它們變成什麼了，小姐？」她問。「你會以為它們是陶器，可是我知道它們不是。」

「這是一隻雕花的大酒壺，」莎拉說，一邊整理著大口杯周圍的花環的捲鬚。「再有這個」——溫柔地俯身看著肥皂盤，往裡面插滿玫瑰花——「是純雪花石膏做的花瓶，外面鑲嵌著寶石。」

她輕輕地接觸這些東西，唇邊漾起幸福的微笑，使她看上去像是身入夢境一樣。

「天哪，這多美啊！」貝琪輕聲說。

「要是我們有一樣東西做糖果盤就好了，」莎拉低聲說。「有了！」她又向皮箱衝過去。「我記得剛才瞅見一樣東西。」

那只不過是一團絨線，外面用紅白相間的手巾紙包著，可是，莎拉很快就把手巾紙摺成小盤子的形狀，和剩下的花放在一起，來裝飾那個給宴會照明的蠟燭台。原本只是一張舊桌子，鋪著一條紅披巾，上面再放著一些從那個很久沒開過的皮箱裡找出來的蹩腳貨，可是魔法使它完全變了樣。莎拉退後一步，凝視著它，看到了奇蹟；而貝琪呢，高興地觀看了一番，壓低聲音說。

「這個房間，現在是巴士底獄呢——還是變成一個不同的地方了？」

「哎，對，對！」莎拉說，「完全不同了。現在是個宴會廳！」

「天哪，小姐！」貝琪激動地說。「一個宴會廳！」她轉過頭去，欣賞著四周的精美擺設，楞楞地發出驚嘆。

「一個宴會廳，」莎拉說。「一個舉行宴會的大廳！屋頂是蒼穹狀的，有藝人們表演的廊台，還有一個大壁爐，裡面裝滿熊熊燃燒的櫟木圓條，四周牆壁上都點亮了蠟燭，把大廳照得亮如白晝。」

「天哪，莎拉小姐！」貝琪又呼吸急促起來。

這時門打開了，亞門加德搖搖晃晃走了進來，因為那個禮品籃很有點份量。她驚喜地發出歡呼聲。從寒冷和黑暗的屋外進入閣樓，面對一台完全意想不到的喜慶筵席，鋪著紅桌布，點綴著白色餐巾，裝飾著花環，她感到，準備工作的確非常出色。

「啊，莎拉！」她喊道。「你是我看見過的最聰明的女孩！」

「這樣不是很好嗎？」莎拉說。「都是我的舊皮箱裡的東西。我請教了我的魔法，它告訴我到那裡去找。」

「可是，啊，小姐，」貝琪大聲說，「讓她把別的東西全告訴你！還有許多——啊，小姐，請你告訴她。」一邊懇求莎拉。

於是，莎拉就把一切都告訴她，由於有魔法的幫助，她使亞門加德看見了所有這些東西：金色的盤子——穹蒼頂下面的大廳——燃燒的爐火——明亮的蠟燭。這時，禮品籃裡的東西，也都擺到了桌子上——撒著糖霜的蛋糕——水果——糖果和酒——整個宴會氣派非凡。

「像一次真的宴會一樣！」亞門加德喊道。

「像是王后的餐桌！」貝琪讚嘆著。

突然，亞門加德想到一個絕妙的主意。

「我跟你說，莎拉，」她說，「你現在假裝是一個公主，這是一次皇家宴會。」

「可是，這是你設下的宴會，」莎拉說，「你得做公主，我們做你的侍女。」

「啊，我沒辦法做，」亞門加德說。「我太胖了，我又不知道該怎麼做才好。還是你來做公主吧！」

「好吧，如果你要我做的話。」莎拉說。

可是，突然她想起另外一件事情，就跑到生鏽的壁爐跟前。

「這裡面塞了許多紙和垃圾！」她高聲說。「如果我們把它點著了，明亮的火焰就會燃燒幾分鐘，我們會感到，壁爐裡好像真的生起了火。」她擦了根火柴，點著了紙和垃圾，升起表面轟轟烈烈的一大片火光，照亮了整個房間。

「到它停止燃燒的時候，」莎拉說，「我們將會忘記它不是真的爐火。」

她在在搖曳的火光中微笑著。

「它看上去不像真的嗎？」她說，「現在我們的宴會要開始了。」

她領路走向餐桌。然後優雅地向亞門加德和貝琪擺擺手。她正處於夢幻之中。

「往前走，美麗的姑娘們，」她以愉快的夢幻般的語氣說，「在餐桌前就座吧。我的高貴的父親，國王陛下，因為正在作長時間的旅行，不能參加宴會，他命令我來招待大家。」她把頭稍稍轉向房間的一個角落。「怎麼樣，咦！那邊的藝人們！拉起提琴，吹起巴松管吧。公主設宴時，」她很快地向亞門加德和貝琪說明，「總是有藝人在一旁表演的。假裝那邊角落裡有一個廊台。現在我們開始吃吧。」

她們還沒來得及把蛋糕拿到手裡——更沒時間放進嘴裡，突然——三個人一齊跳了起來，臉色蒼白地轉向房門——側耳細聽。

有人正在走上樓來。這是毫無疑問的。每個人都聽得出這種發火的腳步聲，知道宴會要到此結束了。

「這是——女主人！」貝琪的喉嚨哽住了，手裡的一塊蛋糕掉在地板上。

「是的，」莎拉說，她蒼白的小臉上，眼睛睜得很大，露出震驚的神色。「啊！明欽小姐已經發現了我們。」

明欽小姐用手猛擊房門，一下就把它推開了。她的臉色也是煞白的，不過那是氣出來的。她從幾張害怕的臉看到餐桌，再從餐桌看到壁爐裡燒完的紙張的最後閃光。

「我一直在懷疑像這一類的事情，」她高聲說，「可是我做夢也想不到如此大膽放肆的行為。拉維妮亞說的是事實。」

這樣她們就明白了，不知怎麼的，拉維妮亞猜出了她們的秘密，並且出賣了她們。明欽小姐大步走向貝琪，第二次打了她的耳光。

「你這個不要臉的東西！」她說。「明天一早你就離開學校！」

莎拉站著一動不動，她的眼睛睜得更大，臉色變得蒼白。亞門加德嚎啕大哭起來。

「啊，不要把她趕走，」她啜泣著。「我的姑母給我寄來一個禮品籃。我們——只不過——是在開宴會。」

「我都看見啦！」明欽小姐尖刻地說。「莎拉公主坐在餐桌上首。」她惡狠狠地責罵莎拉。「這都是你的主意，我知道。亞門加德永遠也想不出這種花樣。我看，是你用那些垃圾裝飾桌子的。」她又對著貝琪蹬腳、發命令，「滾回你的閣樓去！」貝琪悄悄溜出去，臉藏在圍裙裡面，肩膀不斷抖動著。

接著，又輪到了莎拉。

「明天我會收拾你的。早飯、午飯、晚飯，你都不許吃！」

「今天我午飯和晚飯都沒吃過，明欽小姐。」莎拉有氣無力地說。

「這樣就更好了。你的腦子裡才會記得住。別站著不動。把東西收進禮品籃裡去。」

她親自動手把桌上的東西統統放進禮品籃裡，接著，她看見了亞門加德的新書。

「還有你！」——朝著亞門加德——「把你漂亮的新書拿到這個骯髒的閣樓裡來。把書收起來，回房睡覺去。明天你一天就待在房裡，我要寫信給你爸爸。如果他知道今天晚上你在什麼地方，他會怎麼說呢？」

此時，她在莎拉嚴肅、專注的眼神裡看到一種異樣的東西，又惡狠狠地朝她開火。

「你在想什麼？」她逼問莎拉。「你為什麼這樣看著我？」

「我感到納悶！」莎拉回答的方式，跟她在那個不平凡的日子，在教室裡回答的方式一樣。

「你納悶什麼？」

這一次的情景，跟上回在教室裡非常相像。她的舉止沒有無禮之處。只有深沉的悲哀和沉靜。「我納悶的是，」她低聲說，「如果我爸爸知道今天我在什麼地方，他會怎麼說呢？」

像上次一樣，明欽小姐憤怒了，她表達憤怒的方式，也像上次那樣的沒有節制。她衝到莎拉跟前，抓住她猛烈地搖撼著。

「你這個傲慢無禮、不可救藥的孩子！」她喊道。「你竟敢這樣！你竟敢這樣！」

她撿起了書，把宴會的其餘東西一古腦兒扔進禮品籃裡，亂七八糟堆在一起，然後把禮品籃塞在亞門加德懷裡，推著她朝門口走去。

「我讓你去納悶吧，」她說。「立刻上床睡覺。」她和搖搖晃晃的亞門加德出去以後，隨手關上了房門，留下莎拉孤獨痛苦地站著。

夢幻已經完全結束了。壁爐裡的紙片的最後一粒火星已經熄滅，只剩下黑色的灰燼，桌子上的裝飾品都消失了，金色的盤子、帶著鮮艷刺繡的餐巾、還有花環，還原成了舊手帕、紅白相間的紙片，以及廢棄的假花，全都散落在地上；廊台裡的藝人都溜走了，小提琴和巴松管都沉默了。艾蜜莉背靠牆坐著，直楞楞地瞪著眼。莎拉看見了她，走過去用顫抖的手抱起了她。

「什麼宴會都沒有了，艾蜜莉，」她說。「公主也沒有了。除了巴士底獄的囚徒以外，別的什麼也沒有。」她坐下來，雙手矇著臉。

很難預料，如果正當此時她沒有矇著臉，如果她碰巧抬頭看著天窗，會發生什麼事情——也許，這一章的結尾就要完全不同——因為如果她看著天窗，就會被她看見的東西嚇一跳。她就會看見恰恰是那同一張臉，緊貼著玻璃凝視著她，正像當天晚上早些時候，她跟亞門加德說話時發生的情況一樣。

可是，她沒有抬頭觀看。她坐了好一會兒，小黑腦袋藏在胳臂中間。當她試圖靜靜地忍受某樣東西的時候，總是這樣坐著。然後她站起來慢慢走到床邊。

「我醒著的時候——任何別的東西都沒法假裝了，」她說。「多試也沒有用處。如果我睡著了，也許會做一個夢，夢裡會假裝什麼東西。」

她突然感到非常疲勞——也許是因為缺少食物——因此軟弱無力地在床沿上坐下來。

「假定壁爐裡生著明亮的爐火，許多小火焰歡樂地跳動著，」她低聲說。「假定爐火前有一張舒服的椅子——假定旁邊有一張桌子，上面放著熱的晚飯。再假定，」——她把薄薄的蓋毯拉在身上——「假定這是張漂亮的軟床，還有羊毛毯、大鴨絨枕頭。假定——假定——」正是她的疲乏對她有好處，因為她的眼睛閉上了，她深深地進入了夢鄉。

她不知道自己睡了多久。但是她太累了，因此睡得很熟、很香——任何東西都吵不醒她，甚至米奇塞德克一家子都吱吱叫著竄來竄去，甚至它的鼠兒鼠女全都一齊跑出洞來，打架、翻滾和嬉鬧，也吵不醒她。

她醒來的時候相當突然，她不知道，是什麼特別的東西喚醒了她的沉睡。

不過，實際上，這是一個聲音把她喚醒的——一個真實的聲音——天窗格登一聲關上了，在此以前，一個靈活的白色身影溜出天窗，在近旁的石板甲上蹲下來——正好看得見閣樓裡發生的事情，而不至於被人發覺。

起初她沒睜開眼睛。她太疲勞了，同時——稀奇的是——太暖和、太舒服了。她的確非常暖和和舒服，以致她不相信自己真的醒了。除了在某一次可愛的幻想之中，她從未感到如此的暖和和舒服。

「多麼美好的夢呵！」她低聲說。

「我覺得非常暖和。我——不——想——醒——過——來。」

——這當然是個夢。她感到，彷彿身上蓋著好幾條溫暖舒服的被子。她真的能感覺到身上有毛毯，當她把手伸出來的時候，它接觸到的東西完全像是一條緞子面子的鴨絨被。她不可以從這樣的喜悅中清醒過來——她一定要躺著不動，讓喜悅持續下去。

可是她做不到——即使她緊緊閉著眼睛，也做不到。有樣東西正在迫使她清醒過來——這東西就在房間裡。這是一種光的感覺，還有一種聲音——劈劈啪啪燒得很旺的小小爐火。

「唉，我醒過來了，」她憂傷地說。「我沒法不醒——沒有辦法。」

她的眼睛不由自主地睜開了。接著，她真的微笑了——她在閣樓裡看到的東西，是她以前從未看到過的，而且她知道，將來也永遠看不到的。

「啊，我還沒有醒，」她悄悄地說，大膽地支起胳臂肘，看了看房間四周。「我還在做夢哩！」她知道，這一定是個夢，因為如果她是醒著，這樣一些東西是不可能存在的。

你感到奇怪嗎，她這樣肯定她還是在做夢？她所看到的是下列這些東西——

在壁爐裡，燃燒著明亮的爐火；在壁爐擱架上，一把小銅水壺嘶嘶地吐著蒸汽；地板上鋪著一條又厚又暖和的深紅色地毯；爐火前放著一把折疊椅，已經打開了，上面放著墊子；椅子旁邊是一張小折疊桌，已經打開了，上面鋪著白色桌布，還有幾個帶蓋的盤子，一隻杯子，一隻茶碟，一把茶壺；床上是暖和的新被褥，還有一條緞子面子的鴨絨被；床腳跟有一件精巧的、帶襯裡的綢睡衣，一雙帶襯墊的拖鞋，還有幾本書。她夢裡的房間似乎已經變成了仙境——房間裡還充滿暖洋洋的光線，因為桌子上有盞明亮的燈，上面套著玫瑰紅的燈罩。

她坐起來，靠在胳臂肘上，呼吸變得又短又急。

「這個夢是——不消散的，」她喘著氣說。「啊，我以前從來沒有做過這樣的夢。」她幾乎一點不敢動；可是最後，她掀開被子，欣喜若狂地把腳踏在地板上。

「我在做夢——我在起床，」她聽見自己的聲音說；接著，當她站在全部東西中間，慢慢地從一件看到另一件時——「我做的夢是真的！我做的夢可以感覺到是真的。這個夢被施了魔法——不然就是我被施了魔法。我只是腦子裡在想，我看見了所有的東西。」她說話的節奏快起來。「可是，只要我能夠永遠這樣想下去，」她喊道。「我就不在乎啦！我就不在乎啦！」

她喘著氣站了一會兒，然後又大聲說。

「啊，這不是真的！這不可能是真的！可是啊，它看上去多麼像是真的！」

熊熊的爐火吸引她走過去，她蹲下來，把手伸到火的近旁——她靠得太近了，熱氣燙得她直往後縮。

「如果我只是在夢裡看見火，它不會是熱的！」她喊道。

她跳起來，摸摸桌子、盤子、地毯；她跑到床前摸摸毛毯。她拿起柔軟的帶襯裡的睡衣，猛的把它緊緊貼在胸前和臉頰上。

「它是暖和的、柔軟的！」她幾乎要哭出來了。「它是真的。它一定是真的。」

她把睡衣披在身上，穿上了拖鞋。

「這鞋也是真的。這全都是真的！」她喊道。「我不是——我不是在做夢！」

她幾乎是跌跌撞撞地走到書跟前，翻開了最上面的一本。書的扉頁上寫著東西——只不過幾個字，內容如下——

給閣樓裡的小姑娘！　一個朋友贈

她看見這一行字的時候，做了一件很少做的事情——她把臉貼在書頁上，放聲痛哭起來。

「我不知道這是誰，」她說，「但是，有個人對我很關心。我有一個朋友了。」

她拿起蠟燭，悄悄走出了房間，走進貝琪的屋裡，站在她的床前。

「貝琪，貝琪！」她輕聲喊著，不敢聲音太響。「快醒醒！」

貝琪醒來以後，坐起身子吃驚地望著，臉上還沾著淚痕，只見床前站著一個身穿華麗的深紅綢睡衣的嬌小身影。她看見的那張臉是多麼秀美沉靜、光采照人。莎拉公主——她一直記得——手裡拿著一支蠟燭，正站在她的床前。

「來，」她說。「啊，貝琪，你來！」

貝琪嚇得說不出話來。

她順從地下了床，跟隨著莎拉，嘴和眼睛都張得挺大，一句話也不說。

兩人跨進門檻以後，莎拉輕輕把門關上，把貝琪拉到溫暖的、放著光采的許多東西中間，讓她看得頭腦發暈，飢餓感也減輕了。

「這是真的！這是真的！」她喊道。「我全都摸過了。它們像我們兩個人一樣，都是真的。在我們睡著的時候，貝琪，魔法降臨了，變出了這一切——魔法是不會讓最壞的事情真正發生的。」

第十六章・來客

可以想像，那天夜裡剩餘的時間她們過得多麼歡樂。他們蹲在爐火旁邊，火苗在小小的壁爐裡竄跳、旋舞，呈現出千姿百態。他們取下了盤子的蓋，發現了味道鮮美的熱的濃湯，單單這道湯就可以吃飽肚子，還有三明治、烤麵包片、鬆餅，足夠她們兩個人吃的。臉盆架上的大口杯給貝琪當茶杯用，茶的味道好極了，因此不必假裝說它不是茶，而是別的什麼東西。她們倆身子暖和了，肚子也吃飽了，心情十分愉快，這正像莎拉的脾氣，她一旦發現奇怪的好運是真的，就儘情享受一番。她一直過著充滿想像的生活，因此無論發生任何驚人的事情，她都有承受能力，都能在很短的時間之內，去除困惑不解的感覺。

「我不知道，這個世界上有誰會做這樣的事情，」她說，「但是確實有個人已經做了。我們現在正坐在他點燃的爐火旁邊——而且——而且——這是真的！不管這是誰——不管他在哪裡——我有了一個朋友，貝琪——這個人是我的朋友。」

不可否認，她倆坐在熊熊的爐火邊，吃著營養豐富的可口食物時，既是欣喜若狂，又有點不可思議；兩個人你看我、我看你，眼睛裡流露出懷疑的神色。

「你是不是以為，」貝琪遲疑一下，輕聲說──「你是不是以為這些東西會消失，小姐？我們是不是最好快點吃？」說著，她急急忙忙把三明治塞進嘴裡去。如果說這只是一個夢，那麼，當然用不著講究什麼餐桌禮節了。

「不，它們不會消失，」莎拉說。「我在吃這塊鬆餅，我還可以品嘗它的味道。在夢裡，你從來不會真的吃東西。你只是想你就要吃什麼東西。此外，我一直在擰自己；剛才我還存心碰了一塊熱的煤。」

最後，她們陶醉在懶洋洋的舒適感之中，感到好像在天堂裡一樣。這是快活的、吃飽了的孩子感到有點睏倦了。她倆就坐在爐火的光明之中，盡量享受這一份舒適感，直到莎拉無意之中轉臉看著她的大大變樣的床。

毛毯足夠她跟貝琪兩個人使用。到睡覺時，隔壁閣樓裡的那張小床可就舒服了，這是她的主人從來沒有夢想到的。

貝琪走出房間時，在門檻上轉過身軀，貪婪地掃視著四周。

「如果說到了早上這個夢會消失的話，小姐，」她說：「不管怎麼說，今天晚上它一直在這裡，我永遠不會忘記它。」她看看每一樣具體的東西，好像要把它記在心裡。「那邊是爐火，」她用手指指點著，「前面有張桌子；那邊是盞燈，它的光是玫瑰紅色；床上有一條緞子被子，地板上有一塊地毯，一切都是非常美好；還有，」——她稍停一下，輕輕把手放在肚子上——「這裡面有湯、三明治、鬆餅——確實在裡面。」她至少確定了這個事實以後，才轉身離開。

在學校裡，在僕人中間，存在一條神秘的渠道，消息傳播得很快，到了早上，大家都知道莎拉・克魯大大的丟了一回臉，亞門加德受到了懲罰，要不是一時缺少不了一個小雜務工，原來要讓貝琪在早飯以前捲舖蓋滾蛋。僕人們都知道，明欽小姐所以允許她留下，是因為不容易另外找到一個無依無靠、卑賤的小姑娘，願意像賣身奴隸一樣做牛做馬，一星期只掙那麼幾個先令。教室裡年紀較大的學生都知道，明欽小姐不趕走莎拉，正是出於她自己的實際考慮。

「不管怎麼樣，莎拉長得很快，學到的東西也很多，」潔西對拉維妮亞說，「不久就會讓她教一些課程，明欽小姐還知道，她教課是沒有報酬的。拉維呀，你真夠厲害的，打小報告說她在閣樓裡瞎胡鬧。你是怎麼發現這件事情的？」

「我從洛蒂嘴裡打聽到的。她是個小不點兒，不小心把事情洩漏給我聽了。我告訴明欽小姐，這也算不上什麼厲害。我覺得這是我的責任。」——她一本正經地說。「她這是欺騙。再說她穿著破破爛爛的衣服，還要擺出那種高貴的樣子，還要別人把她捧上天，這實在是荒唐！」

「明欽小姐逮住她們的時候，她們在做什麼呀？」

「假裝某種愚蠢的東西。亞門加德把她的禮品籃拿上樓上，讓莎拉和貝琪一起吃。她從來不請我們吃東西。並不是我計較這個，可是她跟閣樓裡的女僕一起吃東西，未免太降低身份了。我不知道為什麼明欽小姐不把莎拉趕出去——即使她確實需要她當教員。」

「如果把她趕出去，她會到什麼地方去？」潔西有點著急地問。

「我怎麼知道？」拉維妮亞生氣地打斷她。「我想，發生那樣的事情以後，今天早上她到教室裡來的時候，樣子一定很狼狽。她昨天沒吃午飯，今天仍舊不給她吃。」

潔西很傻，可是心眼沒那麼壞。她拿起書的時候微微一震。

「唷，我說，這麼做太過分了吧，」她說。「她們沒有權利把她餓死。」

那天早晨，當莎拉走進廚房時，廚師斜著眼睛看著她，僕人們也是如此；可是她匆匆忙忙從他們身邊走過去。說真的，她睡覺稍許過頭了一點兒，貝琪也跟她一樣，兩個人都沒時間去看對方，兩個人都是匆匆地下樓來。

莎拉走進洗滌室。貝琪正在使勁地擦一只水壺，喉嚨裡竟然在哼著一首小曲。她抬起頭來，臉上顯得非常得意。

「我醒來的時候它還在那裡，小姐——那條毛毯，」她激動地悄悄說。「它是真的，和昨天晚上一樣。」

「我的東西也是這樣，」莎拉說。「現在全都在那裡——全部東西。剛才我梳洗的時候，吃了一點昨晚剩下的冷食物。」

「我的天！我的天！」貝琪無限歡喜地低聲讚嘆，這時，廚師從廚房裡走過來，她及時地低下頭，使勁地擦起水壺來。

當莎拉在教室裡出現的時候，明欽小姐原先預料，在她的身上，會看見拉維妮亞所說的那副狼狽相。對她來說，莎拉一直是令人煩惱的一個謎，因為嚴厲的手段從來不會使她啼哭或是害怕。當她受到責罵時，她就站著不動，帶著嚴肅的表情，很有禮貌地聽著；當她受到懲罰時，她就做好額外的工作，或是忍受著不吃飯的痛苦，從來不發怨言，也不做出露骨的反抗舉動。她從來不作出一個無禮的回答，按照明欽小姐看來，這個事實本身就是一種無禮的表示。可是，昨天克扣了她兩頓飯，昨天晚上又狠狠地教訓了她，今天繼續不給她吃飯，她肯定已經垮下來了。如果她走下樓來，不是臉色蒼白、兩眼紅腫、愁容滿面、低聲下氣的樣子，那才叫奇怪哩！

明欽小姐第一次看見莎拉，是在莎拉走進教室聽幾個小女孩讀法語，並且督促她們做練習的時候。莎拉進來時，步伐輕快，面色紅潤，嘴角邊掛著微笑。這是明欽小姐生平見過的最奇特的事情。使她非常震驚。這孩子是什麼材料做成的？她這個樣子到底是什麼意思？她馬上把莎拉叫到她的講台前。

「你看上去好像不認為自己是丟了臉，」她說。「你是完全麻木不仁了嗎？」

實際上，當一個孩子——或者甚至一個大人——吃得很好，睡眠充足，床舖又軟又暖和；當一個孩子在仙境中進入夢鄉，醒來時發現它是真實的，那麼她不可能不愉快，或著是表面上顯得不愉快；即使她想這麼做，她也無法使喜悅的光輝離開她的眼睛。當莎拉抬起視線，作出非常恭敬的回答時，明欽小姐幾乎被她的眼神逼得說不出話。

「請你原諒，明欽小姐，」她說。「我知道我是丟了臉。」

「請你別忘了這一點，不要擺出像是發了一筆財的樣子。你這樣的舉動是無禮的。還要記住，今天你沒有東西吃。」

「是的，明欽小姐，」莎拉回答；可是當她離開時，想起昨晚的經歷，不由心裡怦怦直跳。

「要不是魔法及時救了我，」她想，「情況可真是不堪設想啊！」

「她不可能餓得很厲害，」拉維妮亞輕聲說。「你看看她。也許，她是在假裝剛吃過一頓豐富的早餐吧。」說完，惡意地笑了一聲。

「她和別人不一樣，」潔西說，看著莎拉和幾個小女孩。「有時候我是有一點怕她。」

「真是荒唐！」拉維妮亞激動地說。

整整一天，莎拉的臉容光煥發，兩頰緋紅。僕人們迷惑不解地盯著她，竊竊私語著，阿米莉亞小姐的小藍眼睛也露出困惑的神色。她無法理解，在極度的不愉快的氣氛之下，做出這種放肆的、自得其樂的樣子，到底是什麼意思。不過，這恰好符合莎拉獨特、固執的為人方式。大概她決意勇敢地挺過去吧。

莎拉把事情考慮了一下，作出一個決定。只要可能做到的話，昨天發生的奇蹟一定要保守秘密。要是明欽小姐喜歡再上閣樓來，當然一切都要穿幫了。可是，看來至少在一段時間裡，她不可能這樣做，除非她發現了什麼可疑之處。亞門加德和洛蒂將受到嚴密監視，因此她們不敢再偷偷下床了。可以把這件事告訴亞門加德，並且可以信任她會保持秘密。如果洛蒂發現了什麼情況，也要讓她保持秘密。也許，魔法本身會幫助掩蓋它創造的奇蹟。

「可是，不管發生什麼，」莎拉整天一直在想——「不管發生什麼，在這個世界上，有一個像天使般仁慈的人，他是我的朋友——我的朋友。即使我永遠不知道他是誰——即使我甚至永遠不能感謝他——我也永遠不會感覺那麼孤獨了。啊，魔法對我真好！」

如果天氣有可能變得比前一天更壞的話，那麼這一天確實就是更壞的——更潮濕、更泥濘、更寒冷。有更多的差使要跑，廚師的脾氣也更暴躁，她知道莎拉做了丟臉的事，就對她更凶橫。可是，如今莎拉的魔法已經表明它是她的親密朋友，任何事情又有什麼關係呢？莎拉前一天晚上吃的晚餐已經給與她力量，她知道，她會睡得好，睡得暖和，再說，即使將近傍晚的時候，她已經自然地又開始感覺飢餓，可是她相信她能夠熬得住，直到第二天的早餐時間，那時候肯定會讓她吃飯的。阿米莉亞小姐最後允許她上樓的時候，已經很遲了。她吩咐莎拉進教室去學習，直到晚上十點鐘，由於她勁頭很足，最後超過了十點。

當她走完最高的一段樓梯，站在閣樓門口時，她的心劇烈跳動起來。

「當然有可能，東西已經全部被拿走了，」她低聲說，盡力顯得勇敢一點。「可能只是借給我用一下，度過昨天那個難挨的夜晚。可是確實是借給我了——我用過了。這是真的！」

她推開房門走了進去。

一進門，她輕輕喘著氣，開了門，背靠著門站定，從一邊看到另一邊。

魔法又光臨過她的房間了。它真的來過，而且變出比上次更多的東西。爐火燒得旺旺的，可愛的火苗竄跳著，比以前更加歡樂；閣樓裡增添了幾件新的東西，大大改變了它的面貌，如果她尚未消除懷疑的話，一定要擦擦眼睛看看清楚了。在那張矮桌子上，晚餐又擺好了——這一次，杯子、盤子等等為她和貝琪準備了兩套；在破損的壁爐台上鋪著一塊色彩鮮艷、花樣奇特的厚繡花布，上面放了幾件裝飾品。所有光禿禿的、難看的地方，凡是可以用帷幕遮起來的，已經都掩蓋起來，裝飾得漂漂亮亮。一些五彩繽紛的奇特裝飾材料，用精巧銳利的釘子釘在牆上——釘子非常銳利，不用鎯頭，就可以戳進木頭和灰泥裡。幾把華麗的扇子固定在牆上，還有幾只大墊子，又大又厚實，足以當凳子使用。一只木箱上面放了一塊毯子，再放上幾個墊子，看起來很像一只沙發。莎拉從門口緩步向房裡移動，然後乾脆坐下來，左看右看總嫌看不夠。

「這真像是童話裡的事情變成了現實，」她說。「沒有絲毫區別。我感到，好像我可以提出願望要任何東西——鑽石或者一袋黃金——它們也會出現的！那也不會比眼前這些東西更奇怪。這是我的閣樓嗎？我是同一個風吹雨淋、衣衫襤褸的莎拉嗎？想想看吧，過去我總是許願、許願，希望真的有仙女！我經常懷抱的一個願望是，看見一個童話變成現實。我正生活在童話之中。我覺得好像我自己就是一個仙女，我能夠把一樣東西變成任何其他東西。」

她站起來，敲敲牆壁，招呼隔壁牢房裡的囚犯，那個囚犯馬上過來了。她一進房間，就幾乎身子癱軟，跌倒在地上。片刻之間她完全停止了呼吸。

「啊，我的天！」她喘著氣說。「啊，我的天，小姐！」——正像剛才在洗滌室裡一樣。

「你看見啦！」莎拉說。

這天晚上，貝琪坐在壁爐前地毯上的一個厚墊子上，用自己的杯子、碟子吃晚餐。

莎拉上床的時候，發現床上有一條新的厚床墊和大鴨絨枕頭。她的舊床墊和舊枕頭已經搬到貝琪的床上，結果，貝琪多了這些東西，睡起來當然是從來沒有這樣舒服過。

「這些東西全都從哪裡來的？」一次貝琪突然發問。「天哪，這是誰做的，小姐？」

「我們連問都不要問，」莎拉說：「要不是我想說一聲『啊，謝謝你』，我是寧願不知道的。這樣，一切就顯得更美好！」

從此以後，生活一天天越來越奇妙。童話繼續發展下去。差不多每天都有新的奇蹟。每次莎拉在晚上打開房門，總會發現某一樣新的舒適用品或是裝飾品，短時間之內，閣樓已經成為一個漂亮的小房間，裡面充滿各種各樣奇特華麗的物品。難看的牆壁已經逐漸完全為畫片和帷幕所遮蓋，精巧的折疊式家具配備齊全，一個書架吊在牆上，上面放滿了書，新的用品一件接一件地出現，帶來了舒適和方便，直到最後，好像想不出還要添什麼東西了。莎拉早晨下樓的時候，晚餐剩餘的食品放在桌子上；等到她晚上回屋，魔法師已經把它們搬走，準備好另一份小小的美味晚餐。明欽小姐照例是那樣嚴厲傲慢，阿米莉亞小姐照例是那樣滿腹牢騷，僕人們照例是那樣粗野下流。不管什麼天氣，她們總是差莎拉去跑腿，她們責罵她，不讓她有片刻空閒；她們完全禁止她同亞門加德和洛蒂說話；拉維妮亞嗤笑她的衣服越來越破舊，其他女孩當她在教室裡出現時好奇地注視著她。可是，當她生活在這個奇妙而神秘的童話之中時，這一切又算什麼呢？她為了安慰自己飢渴的年輕心靈，使自己不感到絕望，曾經創造過許多幻想，可是眼前的童話，要比她的幻想更富有傳奇色彩，帶給她更大的歡樂。有時，她受到了責罵，但是她禁不住露出微笑。

「你們才不知道呢！」她心裡想。「你們才不知道呢！」

她享受到的舒適和愉快使她更加堅強，而且她的生活有了希望。當她完成了差使，回家時身子又濕又累又餓時，她心裡明白，爬上樓梯以後，她很快就會暖和，還會美餐一頓。在最艱苦的日子裡，她會愉快地去心想著，她打開閣樓房門時，會看見什麼東西，會為她準備好什麼新的樂趣。在很短的時間內，她看上去就不那麼瘦了。她的雙頰有了紅暈，眼睛跟她的臉相比，也顯得不是那麼特別大了。

「莎拉・克魯看上去身體好得出奇！」明欽小姐不高興地對她妹妹說。

「是啊，」愚蠢可憐的阿米莉亞小姐回答。「她確實是在胖起來。以前她看上去像一隻挨餓的小烏鴉。」

「挨餓！」明欽小姐忿忿地喊著。「她沒有理由看上去在挨餓。她一直吃得不少！」

「當——當然囉！」阿米莉亞小姐低聲下氣地附和著，她發現自己像往常一樣又說錯了話，感到驚恐不安。

「在她這樣年紀的孩子身上，看到那種東西，叫人很不愉快！」明欽小姐說，高傲的態度之中夾雜著幾許茫然。

「看到什麼東西？」阿米莉亞小姐大膽地問。

「這個東西簡直可以說它是反抗！」明欽小姐回答，感到有點煩惱，因為她知道，她恨的那個東西根本談不上是反抗，但是她想不出有什麼別的不愉快的名詞可以用。「換了任何一個別的孩子，如果經受了她所經受的巨大變化，她的精神和意志一定會完全消沉下來，甚至垮掉。可是，說實在話，她看上去根本不受影響——就好像她是個公主。」

「你記得嗎？」不聰明的阿米莉亞小姐插嘴說，「那天在教室裡，她跟你說的話，就是你會怎麼辦，如果你發現她是——」

「不，我不記得了，」明欽小姐說。「廢話少說！」可是，實際上她記得很清楚。自然囉，連貝琪看上去也比以前胖一點，也不像以前那樣畏畏縮縮了。這是她身不由己的事情。在這個秘密的童話中，她也占有一份。她有兩個床墊、兩個枕頭、充足的被褥，每天晚上享受一份熱的晚餐，還有爐火邊厚墊子上的一個座位。巴士底獄已經消失，囚犯們不復存在。兩個得到安慰的孩子沉浸在巨大的歡樂之中。有時，莎拉朗讀一本書；有時，她學習自己的功課；有時，她坐著凝視爐火，努力想像著她的朋友會是誰，並且希望她能夠向他說一說自己的心裡話。

接著，發生了另一件奇妙的事情。有一個男人來到學校門口，留下了幾個包裹。外面都寫著很大的字：「送給右邊閣樓裡的小姑娘。」

派去開門的是莎拉本人，她把包裹拿了進來。她把最大的兩個包裹放在門廳裡的桌子下，正在看上面的收件人地址姓名，這時，明欽小姐走下樓梯，看見了她。

「看那位小姐是收件人，你就把這些東西給她送過去，」她嚴厲地說。「別站在那裡瞪著眼瞧。」

「包裹是送給我的。」莎拉沉靜地回答。

「送給你的？」明欽小姐高聲說。「你是什麼意思？」

「我不知道它們是哪裡來的，」莎拉說，「可是它們是寄給我的。我睡在右邊閣樓裡。貝琪睡的是另一間。」

明欽小姐走到她身邊，激動地看看包裹。「裡面是什麼東西？」她問。

「我不知道。」莎拉回答。

「把包裹打開！」她命令說。

莎拉照她的話做了。包裹打開的時候，明欽小姐的臉上突然呈現一種異樣的表情。她看見了漂亮舒適的服飾——品種繁多：鞋子、長統襪、手套，還有一件暖和美觀的外套。甚至還有一頂漂亮的帽子和一把傘。這些東西都是質地優良、價格昂貴的，在外套的口袋上別著一張紙片，上面寫著：「每天穿上它。需要時會送來新衣服替換它。」

明欽小姐非常興奮！對於她的貪得無厭的心來說，這件事情的意義非比尋常！難道說，她已經犯了一個錯誤，這個沒人理睬的孩子，竟會有一個有財有勢而性格怪癖的朋友躲在幕後——也許是某一個以前不知道的親戚，現在突然追蹤到她的所在，喜歡以這種神祕的異想天開的方式來資助她？親戚有時候是很古怪的——特別是有錢的、老年的獨身伯伯，他們不喜歡身邊有孩子。那種人寧願保持一段距離，來照管他的年幼姪女的安康。然而，這樣一個人必定是脾氣古怪、肝火旺盛，很容易生氣的。如果真有這樣一個親戚，那並不是一件很愉快的事情。他還會瞭解到，這孩子穿得單薄破舊，吃得又少又差，幹活卻很辛苦。明欽小姐的確感到腦袋發昏、心中茫然，因此她斜視了莎拉一眼。

「好啊，」自從莎拉失去父親以來，她從未用過這樣的語調，「有個人對你非常關心。既然這些東西已經送來了，而且穿舊了還會再送新衣服來，所以你可以去把它們換上，顯得體面一點。你換好衣服以後，可以下樓來，到教室裡去學習功課。今天，你就不必出門跑腿了。」

大約半小時以後，教室門開了，莎拉走了進來，全體學生都驚訝得說不出話來。

「哎呀！」潔西激動地說，碰碰拉維妮亞的胳臂時。「你看莎拉公主！」

每一個人都在看，拉維妮亞一看見她，臉就脹得通紅。

這的確是莎拉公主！至少，自從過去做公主的日子以來，從來沒有看見她是現在這個樣子。此刻的莎拉，再不是幾小時以前她們看見的、走下後樓梯的莎拉了。她穿著的這種連衣裙，正是一直引起拉維妮亞妒忌的。它是深顏色、暖色調，做工漂亮。她的一雙腳還是那麼秀氣，當初潔西曾經贊嘆過；她的濃密的黑髮，平時鬆散地披在奇特的小臉旁，使她看上去很像一匹英格蘭種馬，此刻正用一根緞帶紮起在腦後。

「也許有人給她留下了什麼遺產，」潔西悄悄說。「我一直想她會發生什麼奇事。她真是個怪人。」

「也許那個鑽石礦又重新出現了吧，」拉維妮亞刻薄地說。「你不要這樣盯住她看，讓她得意，你這個蠢貨！」

「莎拉，」明欽小姐低沉的嗓音插了進來，「過來坐在這兒。」

整個教室的學生都瞪著眼瞧著，一邊用肘彎子推來推去，絲毫不掩飾她們激動好奇的心情，與此同時，莎拉仍舊坐在原先的榮譽座位上，低下頭認真學習。

當天晚上，她回到自己房裡，和貝琪一起吃了晚飯，然後坐在壁爐前，久久地、嚴肅地望著爐火。

「你的腦子裡正在編故事嗎，小姐？」貝琪溫柔而尊敬地問。當莎拉一聲不響地坐著，出神地望著爐火時，一般說來，她這是在編一個新故事。可是這一次並非如此，所以她搖了搖頭。

「不，」她回答。「我正在想我應該怎麼做。」

貝琪看著她──態度仍舊很尊敬。她對莎拉做的每一件事情和說的每一句話，都充滿著近似崇敬的感情。

「我禁不住會想起我的朋友，」莎拉解釋說。「如果她想讓自己保持神秘，那麼，設法去查明他是誰，就是失禮的。可是，我確實非常想讓他知道，他使我多麼幸福。當人們變得幸福的時候，任何好心腸的人都是想知道的。他們關心這一點，超過關心受到別人的感謝。我希望──我真的希望──」

她突然停住了，因為他的目光落在角落裡的桌子上的一件東西上面。這件東西，是她不過兩天以前剛剛發現的。那是一個文具盒，裡面裝著紙、信封、鋼筆和墨水。

「啊，」她喊道，「為什麼我以前沒想到它呢？」

她站起來，走到角落裡，拿著文具盒回到爐火旁。

「我可以寫信給他，」她高興地說，「把信放在桌子上。然後，也許那個來收拾東西的人，會把信一起拿走。我不問他任何問題。我肯定，他不會在乎要我感謝他。」

於是，她寫了一個字條。她是這麼寫的——

我希望，當你想讓自己保持神祕的時候，我給你寫這張字條，你不會以爲我不禮貌。請你相信，我的本意不想對你不禮貌，也根本不想打聽任何事情；只是想感謝你對我這樣仁慈——天使般的仁慈——使一切都像是在童話之中。我向你致上衷心的感謝，同時我是無比的幸福——貝琪也和我一樣。貝琪也深深感謝你——這個童話對於她，和對於我一樣，完全是美麗而奇妙的。過去我們總是非常孤獨，挨餓受凍，而現在——啊，只要想一想你爲我們所做的一切吧！請允許我就說這句話。好像這是我應該說的。謝謝你——謝謝你——謝謝你！

閣樓裡的小姑娘

第二天早晨，她把字條留在小桌子上，到了晚上，它和其他東西一起被拿走了；因此她知道，魔法師已經收到了她的條子，這麼一想，她就更高興了。在她們分別上床睡覺以前，她給貝琪唸一本新書，突然，天窗邊響起一個聲音，吸引了她的注意力。當她放下書抬頭觀看時，她看見貝琪也聽見了那個聲音，因為貝琪已經別過臉去看，這時正在緊張地細聽。

「上面有東西，小姐。」她低聲說。

「是的，」莎拉慢慢地說：「聽上去——很像一隻貓想要進來。」

她從椅子上站起來，向天窗走去。這是一種奇特的微弱聲音——像是輕輕的搔扒聲。她忽然想起什麼東西，不由笑了起來。她記得曾經有一樣奇怪的小東西闖入她的房間。就在這天下午，她走過印度紳士的房子，看見它悶悶不樂地坐在窗戶跟前的一張桌子上。

「假定，」她激動而愉快地輕聲說——「假定那隻猴子又從家裡逃出來了。啊，但願就是它！」

她爬到一張椅子上，小心翼翼地推開天窗，向外張望。這一天，下了一整天的雪，在積雪上，離她很近的地方，蹲著一隻正在發抖的小動物，它一看見莎拉，小小的黑臉就可憐巴巴地擠眉弄眼。

「就是這隻猴子，」她大聲說。「它是從印度水手的閣樓裡爬出來，看見了我們這裡的燈光。」

貝琪跑到她的身邊。「你要讓它進來嗎，小姐？」她問。

「是的，」莎拉高興地回答。「猴子待在屋外太冷了。它們很嬌氣，讓我哄它進來。」

她溫柔地伸出一隻手，用勸誘的聲調說話——像她對麻雀和米奇塞德克說話一樣——彷彿她自己也是一隻友好的小動物，喜愛和理解它們的膽怯和野性。

「過來，猴子寶貝，」她說。「我不會傷害你的。」

它知道她不會傷害它。在莎拉把她柔軟、愛撫的手掌放在它身上，把它拉過去以前，它就知道這一點。它在蘭達斯細長的、棕色的手裡，曾經感覺到人類的愛，它在她的手裡也感到了這樣的愛。她把它抱進天窗，讓它依偎在自己的胸前，它友好地抓住她的一綹頭髮，一邊抬頭望著她。

「多可愛的猴子！多可愛的猴子！」她輕輕哼著，吻著它有趣的腦袋。「啊，我確實喜愛小動物。」

它顯然喜歡到爐火邊去，當莎拉坐下來，把它放在膝上時，它看看莎拉，又看看貝琪，顯得很感興趣，又很感激的樣子。

「它不大好看，小姐，對嗎？」貝琪說。

「它看起來像一個很醜的嬰兒，」莎拉笑著說。「對不起，猴子；可是我很高興，你不是個嬰兒。你媽媽不可能為你感到驕傲，也沒有人敢說，你看起來像你的任何一個親屬。啊，我真喜歡你！」

她靠在椅背上沉思著。「也許它感到難過，長得這麼醜！」她說，「而且這個想法一直壓在它的心頭。我不知道它是否有一顆心。猴子，我親愛的，你有一顆心嗎？」

可是，猴子只是舉起一隻小腳掌，搔搔它的腦袋。

「你拿它怎麼辦？」貝琪問。

「今天晚上我讓它跟我一起睡，然後明天把它送回給那位印度紳士。我很抱歉要把你送回去，猴子；可是你一定得回去。你應該最喜愛你自己的家人；我不是你真正的親屬。」

她上床時，在自己腳邊替猴子做了一個窩，它就蜷起身子睡在那裡，似乎它是一個嬰兒，對它的新居非常滿意。

第十七章•「就是這個孩子！」

第二天下午，大家庭的三個孩子坐在印度紳士的書房裡，盡他們的最大努力想讓他高興。他們被允許進來執行這個任務，是因為他特別邀請了他們。一段時間來，他一直牽腸掛肚、度日如年，今天，他正在萬分焦急地等待一個重要事件。就是卡麥克先生定於今日從莫斯科歸來。他的歸期延遲了好幾個星期。剛到達那裡的時候，他沒能順利找到他要找的那戶人家。後來他查證確實，終於判明了他們的下落，可是當他登門拜訪時，別人告訴他說，那一家人出門旅行去了。他沒有見到他們，事情就得不出結果，所以他決定，留在莫斯科等到跟他們見過面才回來。此刻，卡里斯福特先生坐在躺椅上，珍妮特坐在他身旁的地板上。他非常喜愛珍妮特。諾拉找了一張腳凳，唐納德兩腿分開，跨在虎皮地毯上的老虎頭上。他正騎得非常有勁。

「不要噴噴噴噴噴咂得那麼響，唐納德，」珍妮特說。「你來是要給病人解悶，不是要你哇啦哇啦地叫。也許，這樣來讓你解悶是太鬧騰了吧，卡里斯福特先生？」──她問印度紳士。

可是，他只是拍拍她的肩膀。

「不！不！」他回答。「這樣可以讓我的腦子不要想得太多。」

「我就要安靜了，」唐納德喊道。「我們都要像老鼠一樣安靜。」

「老鼠不會像你那麼吵！」珍妮特說。

唐納德用手帕做了一個馬籠頭，在虎頭上跳上跳下。

「許多隻老鼠就會這麼吵，」他快活地說。「一千隻老鼠就會這麼吵。」

「我看，五千隻老鼠也沒你吵，」珍妮特板著臉說，「我們該像一隻老鼠那樣安靜。」

卡里斯福特先生笑了，又拍拍她的肩膀。

「爸爸很快就要到家了，」她說。「我們談談那個丟失的小姑娘好嗎？」

「我想，此刻我談不出什麼新的東西。」印度紳士回答，疲乏地皺了皺眉頭。

「我們非常喜歡她，」諾拉說。「我們把她叫做非仙女小公主。」

「為什麼？」印度紳士問，孩子們的幻想，總會使他忘掉一些煩惱。珍妮特作出了答覆。

「這是因為，雖然她不是真正的仙女，可是找到她以後，她就會變得很有錢，就像童話裡的公主一樣。起先，我們把她叫做仙女公主，可是不大相配。」

「這是真的嗎？」諾拉說，「她的爸爸把所有的錢托一個朋友放到一個鑽石礦裡，那個朋友以為自己把錢丟光了，就逃走了，因為覺得自己好像是個強盜？」

「可是，他事實上不是強盜，你知道。」珍妮特急忙打斷她。

印度紳士很快地握住她的手。

「對，他事實上不是強盜。」他說。

「我替那個朋友難過，」珍妮特說，「我禁不住要難過。這不是他的本意，這樣會使他傷心的。我肯定，這樣會使他傷心的。」

「你真是一個善解人意的小姑娘，珍妮特。」印度紳士緊緊握住她的手說。

「你告訴卡里斯福特先生了嗎？」唐納德又喊來，「那個不是乞丐的小姑娘的事兒？你告訴他現在她穿新衣服了嗎？也許過去她丟失了，現在已經被人找到了。」

「馬車來了！」珍妮特叫道。「它停在門口。爸爸來了！」

他們都跑到窗口向外張望。

「是的，是爸爸，」唐納德說。

「可是，沒有小姑娘。」

三個人都急忙跑出房間，衝進門廳。他們總是以這樣的方式歡迎他們的父親。可以聽見，他們活蹦亂跳、熱烈拍手，父親忙把他們一個個抱起來親吻。

卡里斯福特先生使勁想站起來，又重新倒在躺椅上。

「沒有用處，」他說，「我成了一個廢物！」

卡麥克先生的聲音接近了門口。

「不，孩子們，」他說，「我和卡里斯福特先生談話以後，你們就可以進來了。現在你們去跟蘭達斯玩去。」

接著，門打開了，他走進屋來。他的面色比以前更紅潤，帶進來一股清新健康的空氣；可是當他們相互握手，病人臉上顯示迫切的疑問時，他的眼神中卻只有失望和焦慮。

「有什麼消息？」卡里斯福特先生問。「俄國人領養的那個孩子？」

「她不是我們要找的孩子，」卡麥克先生回答。「她比克魯上尉的女兒年紀小得多。她的名字叫艾蜜莉・卡魯。我見到了她，跟她說過話。那些俄國人給我提供了每一個細節。」

印度紳士的神情是多麼消沉和痛苦！他的手從卡麥克先生的手裡低垂下來。「那麼，查找工作又要重頭開始，」他說。「就這樣吧。請坐。」

卡麥克先生坐下了。不知怎麼的，他已經逐漸喜歡上了這個不愉快的人。他自己身體健康、精神愉快，完全被歡樂和愛所圍繞，因此，孤獨和病痛似乎是值得同情和不可忍受的東西。如果印度紳士房子裡聽得見一個孩子的快活的口哨聲，那就根本不會像現在這樣淒涼了。此外，一個人被迫懷著一種想法，好像自己拋棄了一個孩子，使她受了委屈，這個壓力也是很大的。

「好了，好了，」他的語調總是快活的，「我們還是會找到她的。」

「我們一定要馬上開始。不能浪費時間，」卡里斯福特先生煩燥地說，「你有什麼新的建議——不管什麼建議嗎？」

卡麥克先生感到有點焦慮不安。他站起來，在房間裡踱著方步，臉上顯出沉思而未能肯定的神情。「好吧，也許，」他說。「我不知道它有多大價值。事實上，我從多佛爾乘火車來倫敦的途中，一直在考慮這個問題，我想起了一個主意。」

「什麼主意？只要她活著，總是在某個地方囉！」

「對；她是在某個地方。我們已經搜遍了巴黎的學校。讓我們放棄巴黎，開始在倫敦找。這就是我的主意——在倫敦搜尋。」

「倫敦的學校很多，」卡里斯福特先生說。接著，他微微一怔，突然想起什麼——「順便提一下，隔壁就有一所學校。」

「那麼我們就從那裡開始。從隔壁學校開始最近了。」

「對，」卡里斯福特先生說。「那裡有一個孩子引起了我的興趣；但是她不是學生。她是一個孤苦伶仃的皮膚黝黑的小姑娘，和可憐的克魯很不相像。」

也許，正在此時魔法又開始發揮力量——神奇的魔法。看上去好像真是這麼回事。究竟是什麼東西，促使蘭達斯走進房間——甚至當他的主人在說話的時候——恭敬地低頭行禮，而他有神的黑眼睛裡，卻掩飾不住激動的光芒？

「老爺，」他說，「那個孩子自己來了——老爺憐惜的那個孩子。她把猴子送回來，它又跑到她的閣樓裡去了。我請求她留下來。我想，老爺看見她，跟她說說話，會感到高興的。」

「她是誰？」卡麥克先生問。

「天知道，」卡里斯福特先生回答。「她就是我講的那個女孩。在學校裡做小雜務工。」他向蘭達斯揮揮手說，「是的，我想見見她。你去把她帶進來。」接著他對卡麥克先生說，「你出門這段時間裡，我的情況非常糟糕。那些日子是多麼黑暗和漫長。蘭達斯跟我講起這個孩子的困苦，我們就一起想出了一個傳奇式的計劃來幫助她。我想，這麼做有點孩子氣；可是這樣我就有事情要盤算、要考慮了。不過，要是沒有像蘭達斯那樣動作靈巧、腳步輕盈的東方人幫忙，這件事情也是沒法做到的。」

這時莎拉抱著猴子走進屋裡。猴子顯然也不願意離開她，如果能做到的話，它依偎著她，唧唧地叫著。莎拉能進入印度紳士的書房，這是個有趣的機會，使她激動得臉頰升起了紅暈。

「你的猴子又逃跑了，」她以悅耳的聲音說。「它昨晚跑到我的閣樓天窗旁邊，當時天氣很冷，所以我把它抱進屋裡。要不是時間太晚了，我當時就把它送回來了。我知道你有病，也許不

喜歡我來打擾你。」
印度紳士的凹陷的眼睛好奇而感興趣地望著她。
「你考慮得很周到。」他說。
莎拉望著站在門邊的蘭達斯。
「我把猴子交給那個印度水手好嗎？」她問。
「你怎麼知道他是印度水手？」印度紳士微笑著說。
「是的，我知道印度水手，」莎拉說，一邊把不情願離開她的猴子遞給他。「我就是在印度出生的。」
印度紳士猛然坐直身子，表情發生巨大變化，使她一時感到相當吃驚！
「你在印度出生的！」他喊道，

「是嗎？你過來！」他伸出了手。

莎拉走過去，把手放在他手裡，因為他看上去很想握住它。她站著不動，她的綠灰色眼睛驚訝地望著他的眼睛。他好像有什麼特別的事情。

「你就住在隔壁嗎？」他問。

「是的，我住在明欽小姐的女子學校裡。」

「可是，你不是她的一個學生？」

莎拉嘴邊浮現了奇特的微笑。她遲疑了一會兒。

「我想，我不知道現在我究竟算是什麼。」她回答。

「為什麼不知道呢？」

「最初我是個學生，是個特別寄宿生；可是，現在——」

「你以前是個學生！你現在是什麼？」

莎拉唇邊又浮現奇特的、悲哀的微笑。「我睡在閣樓裡，在雜務工的隔壁，」她說。「我替廚師跑腿——她吩咐的任何事情我都要做；我還教幼兒的功課。」

「你仔細問問她，卡麥克，」卡里斯福特先生說，他倒在椅背上，好像已經用完所有的力量。「仔細問問她，我支持不住了。」

大家庭的魁梧、仁慈的父親知道怎樣盤問小姑娘。當他用親切鼓勵的語氣對她說話時，她意識到他以前積累了豐富的經驗。「你說『最初』是什麼意思，我的孩子？」他問。

「就是我爸爸剛把我送到這裡來的時候。」

「現在你爸爸在哪裡？」

「他死了！」莎拉十分沉靜地說。「他失去了所有的錢，一點也沒給我留下。沒有人來照管我，或是向明欽小姐付錢。」

「卡麥克！」印度紳士高聲喊叫著。「卡麥克！」

「我們不要嚇著她，」卡麥克先生側過頭去，很快的低聲對他說；然後他繼續大聲問莎拉：「所以就把你送到閣樓上去，讓你做雜務工。情況大致就是這樣，對嗎？」

「沒有一個人來照管我，」莎拉說。「沒有一點錢，我跟誰都沒關係。」

「你父親是怎樣失去他的錢的？」印度紳士呼吸急促地插嘴說。

「他不是自己失去的，」莎拉回答，越來越不知道是怎麼回事了。「他有一個很要好的朋友——他非常珍愛那個朋友。是那個朋友把他的錢拿走了。他太相信那個朋友了。」

印度紳士的呼吸更加急促了。

「那個朋友也許本意不想傷害他，」他說。

「可能是由於誤解才發生這樣的事情。」莎拉不知道，她回答時那個平靜的、孩子的嗓音，印度紳士聽上去是多麼冷酷無情。要是她知道的話，她一定會替印度紳士著想，盡量把語氣說得緩和一點。

「我爸爸受的苦跟我一樣大，」她說。「他是為了這件事情而死的。」

「你爸爸的名字叫什麼？」印度紳士說。「告訴我。」

「他的名字叫萊福・克魯，」莎拉吃驚地回答：「克魯上尉。他死在印度。」

那張憔悴的臉皺緊了眉頭，蘭達斯跳到他主人的身邊。

「卡麥克，」病人上氣不接下氣地說，「就是這個孩子──這個孩子！」

莎拉一時以為他就要死去。蘭達斯從一個瓶子裡倒出幾片藥片，遞到他的嘴邊。莎拉站在近旁微微顫抖著。她困惑不解地望著卡麥克先生。

「我是什麼孩子？」她吞吞吐吐地問。

「他就是你父親的朋友，」卡麥克先生回答。「不要害怕。我們尋找你已經有兩年了。」

莎拉把手放在前額上，她的嘴唇顫抖著。她說話時好像是在做夢。「而我一直在明欽小姐的學校裡，」她的聲音輕得像耳語。「就在牆的另一邊。」

第十八章•「我努力不失自己的身分」

說明一切情況的任務，交給了美麗和藹的卡麥克太太。立刻差人去請她過來，請她把莎拉摟在溫暖的懷抱裡，把事情從頭到尾向她講清楚。這個意外發現帶來了巨大的激動，使身體虛弱的卡里斯福特先生幾乎支持不住。

「說實在話，」他聽到有人建議，讓那個小女孩到另一個房間去的時候，就聲音微弱地對卡麥克先生說，「我覺得，好像我一定要看見她在我的眼前。」

「我會照顧她的，」珍妮特說，「媽媽馬上就來了。」於是，珍妮特將領著莎拉出去。

「找到了妳我們真是高興，」她說。「妳不知道，找到了妳我們有多麼高興！」

唐納德兩手插在口袋裡，帶著思索和自責的神情凝視著莎拉。

「如果我給妳六便士的時候，問你一聲妳叫什麼名字，」他說，「妳就會告訴我你叫莎拉•克魯，那樣就立刻把妳找到了。」

這時，卡麥克太太走了進來。她看上去深受感動，她猛然抱住莎拉吻著她。

「妳好像搞糊塗了，可憐的孩子，」她說。「這是不奇怪的。」

莎拉只想得起一件事情。「他是，」她說，朝關著的書房門瞅了一眼——「他就是那個壞朋友嗎？啊，快告訴我吧！」

卡麥克太太再次吻著她，自己禁不住流下淚來。她感到，似乎應該多吻吻莎拉，因為這麼長時間沒有人吻過她。

「他不是個壞人，親愛的，」她回答。「他不是真的蝕光了你爸爸的錢。他只是以為自己把錢蝕光了，因為他很愛你爸爸，所以他很悲傷，害了一場大病，有一段時間神智完全不正常。他差一點因為腦炎而死去，在他開始康復好久時間以前，妳的可憐的爸爸就死了。」

「他不知道到哪裡去找我，」莎拉低聲說。「而我卻近在眼前。」不管怎麼樣，她不會忘記自己一直是近在眼前。

「他以為你是在巴黎的一所學校裡，」卡麥克太太解釋說。「錯誤的線索一直使他迷失方向。他到處尋找妳。他看見妳走過他家，一副孤苦伶仃的樣子，做夢也沒想到妳就是他朋友的可憐的孩子；可是因為妳也是一個小姑娘，所以他替妳感到難過，想讓妳高興起來。他就叫蘭達斯爬進妳的閣樓窗戶，想法子讓妳的生活舒服一點。」

莎拉又驚又喜；她的整個表情改變了。

「是蘭達斯把東西送來的？」她不禁大聲地問。「是他叫蘭達斯去做的？是他使我的夢想實現的？」

「是的，我的寶貝——是的！他是個好心腸的人，他想起丟失的小莎拉・克魯，就替妳感到難過。」

書房門打開了，卡麥克先生走出來，向莎拉做了個手勢讓她過去。

「卡里斯福特先生已經好一點了，」他說。「他要妳到他跟前去。」

莎拉毫不遲延。她一走進去，印度紳士就看見她的臉神采奕奕。

她過去站在他的椅子前面，兩隻手握住了放在胸前。

「是你送東西給我，」她喜悅而深情地說——「那些無比美麗的東西？是你送的！」

「是的，可愛的孩子，是我送的。」他回答。他因為長期的疾病和精神上的煩惱，身體十分虛弱，可是，他看著莎拉的神情，使她記起了她父親的眼神——非常疼愛她，想把她摟在懷裡的眼神。於是她跪在他身旁，正像她過去常跪在父親身旁一樣，當時他們是世界上最親愛的朋友和戀人。

「這麼說，你就是我的朋友，」她說。「你就是我的朋友！」她把臉靠在他瘦削的手上，一次又一次地吻著它。

「他三個星期以後就能恢復正常狀態，」卡麥克轉臉向妻子說。「妳就看看他的臉吧。」事實上，他看上去確實變了樣。「小女主人」已經找到了，他有許多新的事情要考慮籌劃。首先，就是明欽小姐。一定要跟她當面談一談，告訴她，她的一個學生的命運已經發生了變化。莎拉不必再回學校去。印度紳士在這一點上態度很堅決。她就留在這裡，讓卡麥克先生去見明欽小姐本人。

「我很高興我不必回去，」莎拉說。「她會非常生氣的。她不獎勵我；雖然也許這是我的錯，因為我不喜歡她。」

可是，奇怪的是，明欽小姐乾脆親自上門來尋她的學生，這樣，就省得卡麥克先生到學校去了。剛才，明欽小姐有事要找莎拉，一問之下，聽說了一件驚人的事情。有一個女僕看見莎拉溜出了地下室，外套裡面藏著個什麼東西，然後她走上隔壁房子的台階，進屋去了。

「她這是幹什麼？」明欽小姐大聲問阿米莉亞小姐回答。

「我不知道，真想不到，姐姐，」阿米莉亞小姐回答。「可能是她已經跟他交上朋友了，因為他在印度生活過。」

「像她那樣的人，就是會用這一種不禮貌的方式，去強使那個人接納她，並且設法博得他的同情，」明欽小姐說。「她在隔壁房子裡已經待了兩個小時了。我不會允許這樣的放肆行為。我要去調查這件事情，為了她無禮闖進他家向他道歉。」

莎拉正坐在一個腳凳上，緊靠卡里斯福特先生的膝蓋，聽著他說話，因為他感覺有必要向她說明許多事情，這時，蘭達斯稟報明欽小姐登門拜訪。

莎拉不情願地站起身來，臉色一下子發白了；可是，卡里斯福特先生只見她沉靜地站著，絲毫沒有孩子常有的害怕的樣子。

明欽小姐帶著嚴厲而莊重的神態走進房間。她的服飾講究，而且跟這樣的場合很相配，舉止彬彬有禮，不過有點僵硬。

「我很抱歉，前來打擾卡里斯福特先生，」她說，「可是我想作一點解釋。我是明欽小姐，隔壁的女子學校所有人。」

印度紳士靜靜地仔細看了她一會兒。他天生脾氣相當暴躁，他希望能夠控制住自己的火暴脾氣。「這麼說妳就是明欽小姐？」他說。

「是的，先生。」

「真是這樣的話，」印度紳士回答，「妳來得正是時候。我的律師，卡麥克先生，剛剛準備去看妳。」

卡麥克先生微微彎腰，明欽小姐驚訝地從他的身上看到卡里斯福特先生身上。

「你的律師！」她說。「我不明白。我來這裡是出於責任感。我剛剛發現，由於我的一個學生——一個慈善收留的學生——行為莽撞，因此打擾了你。我要說明的一點是，她闖進府上我毫不知情。」她轉臉看看莎拉。

「馬上回家去！」她憤怒地命令道。「妳要受到嚴厲的懲罰！馬上回家去！」

印度紳士把莎拉拉到身邊，拍拍她的手。

「她不回去。」

明欽小姐感到好像自己正在喪失理智。

「不回去？」她重說一遍。

「不回去，」卡里斯福特先生說。「她不會回家去——如果你把你的房子叫做家的話。她未來的家是和我在一起的。」

明欽小姐又驚又怒地後退了一步。

「和你一起！和你一起，先生！這是什麼意思？」

「請你解釋一下這個問題，卡麥克，」印度紳士說，「盡快把問題解決。」他讓莎拉再坐下來，握住她的手——這是又一個她爸爸的習慣動作。

接著，卡麥克先生作瞭解釋，他沉著、冷靜、堅定的態度，顯示他充分瞭解這件事情，以及有關的全部法律問題，作為一個生意場上的女人，明欽小姐理解並且不喜歡這一點。

「夫人，」他說，「卡里斯福特先生，是已故克魯上尉的親密朋友。他在某幾項重大投資中，是他的合夥人。克魯上尉以為他已經失去的財產，現在已經完全收回了，就在卡里斯福特先生的手裡。」

「財產！」明欽小姐叫道；她的臉色刷地一下變得慘白。「莎拉的財產！」

「它將成為莎拉的財產，」卡麥克先生冷冷地回答，「事實上，現在它就是莎拉的財產。某些情況使財產的數額有了巨大增長。鑽石礦已經恢復原狀。」

「鑽石礦！」明欽小姐幾乎喘不過氣來。她感到，如果真是這樣的話，那麼這就是自從她出生以來所遇到的最可怕的事情。

「鑽石礦！」卡麥克先生重複了一遍，他禁不住補充一句，露出不像律師的幸災樂禍的微笑：「明欽小姐，沒有幾個公主，能比你那個慈善收留的學生，莎拉·克魯，更有錢的。卡里斯福特先生一直找了她幾近兩年工夫；最後終於找到了她，他要留下她。」

說到這裡，他請明欽小姐坐下，然後詳詳細細向她解釋清楚，談到了一些具體細節，說明莎拉的前途是有可靠保證的，過去以為失去的東西，現在增加了十倍償還給她；此外，卡里斯福特先生既是她的監護人，又是她的朋友。

明欽小姐不是一個聰明的女人，她一時情緒激動，愚蠢地企圖垂死掙扎一番，取回她清楚地看到，是由於自己利欲熏心而已經失去的東西。

「他找到她的時候，她正由我照管著，」她提出了異議。「我為她做了一切事情。要不是有錢，她早就流落街頭，受凍挨餓了。」

聽見這句話，印度紳士發火了。

「要說在街上挨餓的話，」他說，「她在那裡挨餓比在你的閣樓裡挨餓還要舒服一點。」

「克魯上尉把女兒留下讓我照管，」明欽小姐爭辯說。「她必須保持目前狀況，直到成年為止。她仍舊可以做一名特別寄宿生。她必須完成她的學業。法律會為我的利益講話的。」

「好了，好了，明欽小姐，」卡麥克先生打斷她的話，「法律才不會幫你講話呢！如果莎拉自己願意回到你的身邊去，我敢說，卡里斯福特先生大概是不會拒不同意的。可是這要由莎拉小姐來決定。」

「那麼，」明欽小姐說，「我來懇求莎拉。也許，我還沒有把妳寵壞了，」她尷尬地向小姑娘說，「不過妳知道，過去妳爸爸對妳的學業進步是很高興的。而且——呃哼！——我一直是疼愛妳的。」

莎拉的綠灰色眼睛沉靜、明澈地注視著她，這股神氣是明欽小姐最討厭的。

「是嗎，明欽小姐？」她說。

明欽小姐的臉發紅了，她坐直了身子。

「我可從來不知道。」

「妳早就應該知道了，」她說，「可是不幸的是，孩子們從來不知道什麼東西對她們最好。阿米莉亞小姐和我一直在說，妳是學校裡最聰明的孩子。難道妳不要對你的父親克盡孝道，隨我回去繼續學習嗎？」

莎拉向著她前進一步，站住不動。她想起了那一天，明欽小姐告訴她，她和任何人都沒關係，她正面臨被趕上街頭的危險；她想起了那些飢寒交迫的時光，她孤身一人住在閣樓裡，只有艾蜜莉和米奇塞德克跟她作伴。她堅定地正視明欽小姐的臉。

「妳知道為什麼我不願意跟妳回去，明欽小姐，」她說。「妳很瞭解這一點的。」

明欽小姐刻板、氣惱的臉上升起火辣辣的紅暈。

「妳再也見不到妳的同伴了，」她說。「我要注意不許亞門加德和洛蒂接近——」

不過，卡麥克先生有禮貌而堅定地打斷了她。

「對不起，」他說，「她願意見誰就可以見誰。克魯小姐的同學的家長們，不可能會拒絕她的邀請，不到她監護人的家裡來看她。卡里斯福特先生會處理這件事情的。」

聽了這些話，連明欽小姐也畏縮不前了。這樣的話就更糟糕了，就不僅僅是一個古怪暴躁的單身伯伯，因為侄女受到虐待而發一通脾氣的問題了。一個自私的女人很容易相信，大多數人不會不肯讓自己的孩子，去跟一個鑽石礦的小繼承人做朋友。如果卡里斯福特先生打算告訴她的幾個贊助人，當初莎拉•克魯的生活多麼困苦的話，那就可能會發生許多不愉快的後果。

「你承擔的責任是很艱巨的，」她挺起身告辭的時候對印度紳士說。「你很快就會期發現這一點。這孩子既不老實又沒良心。我料想，」——她轉向莎拉——「你現在感覺你又是一個公主了吧？」

莎拉的目光低垂，臉微微發紅，因為她想，她愛好的幻想也許最初不容易為陌生人——即使是好心腸的陌生人——所理解。

「我——努力不失自己的身份，」她低聲回答——「即使我挨餓受凍最厲害的時候——我都一直努力不失身份。」

「現在你就不必再去努力了。」明欽小姐譏諷地說，隨即被蘭達斯送出了房間。

＊

明欽小姐回到家裡，她一走進起居室，就馬上派人把阿米莉亞小姐找來。下午的其餘時間，兩個人就關起房門商談這件事情，可憐的阿米莉亞小姐度過了一刻多鐘的倒楣時光。她淌了許多淚水，一直在拭擦眼睛。不幸的是，她說了一句話，幾乎惹得她姊姊要咬掉她的腦袋，可是，結果倒是出乎意外的。

「我不像妳那麼聰明，姐姐，」她說，「我一直怕跟妳說起一些事情，因為我怕惹你生氣。也許，如果我不是那麼膽小的話，對學校和對我們兩個人來說，情況就會好一點。我得說，我常常想，如果妳對莎拉・克魯不要那麼嚴厲，而且注意讓她穿得比較體面，生活比較舒適，那樣就好了。我知道，像她這樣年齡的孩子，是給搞得太勞累了，我還知道，她只吃個半飽——」

「你怎麼敢說這樣的話！」明欽小姐喊叫著。

「我不知道我怎麼會敢說的，」阿米莉亞小姐毫無顧忌地大膽回答，「可是既然我已經開始說了，那就最好把話說完，別的就不去考慮了。這孩子是個聰明、善良的孩子——你對她做了任何好事，她都會報答你。可是妳一件好事也沒做。事實上，她太聰明了，讓妳沒法對付，就為了這一點，妳一直不喜歡她，她把我們兩個人都看透了——」

「阿米莉亞！」怒不可遏的姊姊氣喘吁吁地說，彷彿她要打妹妹的耳光，敲掉她的帽子，如同她對待貝琪的方式一樣。

可是，阿米莉亞小姐感到極度失望，變得歇斯底里，根本不考慮會發生什麼後果。

「她看透了！她看透了！」她叫道。「她把我們兩個人看透了。她看出來，妳是一個鐵石心腸、唯利是圖的女人，而我是一個軟弱的傻瓜，我們兩個人都很卑賤下流，會在她的金錢面前卑躬屈膝，等到她沒錢的時候又會對她惡聲惡氣。儘管她窮得像個乞丐，她的舉止卻像一個小公主。她的舉止——她的舉止——像個小公主！」她陷於極度的歇斯底里之中，開始一會兒哭，一會兒笑，身體來回搖晃，嚇得明欽小姐目瞪口呆。

「現在妳已經失去了她；」她嚎啕大哭起來，「另外某一個學校就會得到她和她的錢，如果她像普通孩子那樣，就會把我們是怎樣對待她的，一五一十講出來，我們的全部學生就會被別人拿走，我們就要破產了。這也是我們應得的懲罰；但是妳比我更應該得到懲罰，因為妳是個鐵石心腸的女人，瑪麗亞•明欽——妳是一個冷酷無情、自私自利的市儈！」

看上去，她無法控制她的狂暴情緒，忽而喉嚨嗆塞，忽而發出咯咯的聲音，可能會吵得全校不得安寧，因此，她姊姊只好跑到她身邊，用嗅鹽和碳酸銨溶液讓她安靜下來，而沒有因為她的胡說八道而大發雷霆。

從此以後，年長的明欽小姐開始對她妹妹懼怕三分，因為妹妹儘管看上去很蠢，可是實際上顯然不是那麼蠢，所以，她可能一下子把學校內部的醜聞全都抖漏出來。

當天晚上，學生們按照她們上床睡覺以前的習慣，聚集在教室裡的爐火前面，這時，亞門加德手裡拿了一封信走進來，圓臉上帶著奇特的表情。說也奇怪，因為它包含著喜悅和興奮，同時又混雜著幾分震驚。

「什麼事情啊？」兩、三個聲音同時喊道。

「是不是和剛才那場吵鬧有關係？」拉維妮亞熱切地問。「明欽小姐的房間吵得不可開交；阿米莉亞小姐歇斯底里發作了一陣，只好上床睡覺去了。」

亞門加德慢吞吞地回答她們，好像有點茫無頭緒。

「我剛剛收到這封莎拉寄來的信！」她把信高高舉起，讓大家看看寫得多麼長。

「莎拉的信！」每個人都喊出聲來。

「她在哪裡？」潔西幾乎尖起喉嚨直叫。

「就在隔壁，」亞門加德回答，她說得更慢了，「和印度紳士在一起。」

「哪裡？哪裡？她被送走了嗎？明欽小姐知道嗎？剛才吵鬧就是這件事情嗎？她為什麼寫信來？告訴我們！告訴我們！」

教室裡七嘴八舌一片嘈雜，洛蒂傷心地哭起來。

亞門加德慢條斯理地回答她們，好像她還沒有完全投入到眼前最重要的、也是最顯而易見的事情裡去。

「鑽石礦是有的，」她以堅決的口氣說。「有的！」

大家都張大嘴巴和眼睛望著她。

「鑽石礦是真的，」她趕緊往下說。「都是因為一場誤解。曾經發生過一些情況，卡里斯福特先生以為鑽石礦破產了——」

「卡里斯福特先生是誰？」潔西喊道。

「就是印度紳士。克魯上尉也這麼想——後來他就死了；卡里斯福特先生害了腦炎，他逃跑了，差點死去。他不知道莎拉在哪裡。結果在礦裡找到了不計其數的鑽石；其中一半是屬於莎拉的；當她住在閣樓裡的時候，只有老鼠做她的朋友，廚師把她差來差去，可是那一半礦石一直屬於她。今天下午卡里斯福特先生找到了她，他把她留在家裡——她永遠不會回來了——她比以前任何時候更像公主——超過以前千萬倍。還有，明天下午我要去看她。好啦！」

她講完以後，整個教室都轟動起來，連明欽小姐本人可能都制止不住；所以儘管她聽見她們的喧鬧聲，卻不出來管一管。此刻，阿米莉亞小姐正躺在床上哭，明欽小姐的心思都在自己房裡的事情上面，沒有心思去管外面的事情。她知道，這件新聞已經以某種神秘的方式穿過了牆壁，每一個僕人和孩子，晚上睡覺的時候都會談論它。

所以，全校的學生都聚集在教室裡，圍繞在亞門加德四周，差不多一直到半夜，她們知道，這一天晚上校規校紀是不會執行的。她們把那封信唸了又唸，因為信裡包含的故事，正像莎拉自己編造的任何故事一樣奇妙，同時這個故事發生在莎拉自己和隔壁的神秘的印度紳士身上，因而更具有特別的魅力。

貝琪也聽說了這件事，於是設法比平時早一點爬上閣樓去。她想離開鬧烘烘的人群，去再一次看看那個小小的魔法房間。她不知道房間會有什麼變化。留給明欽小姐是不可能的。那些東西都會拿走，閣樓又會變成光禿禿、空蕩蕩的。雖然她為莎拉感到高興，可是她走上最後一段樓梯時，喉嚨裡哽住了，淚花也模糊了她的視線。今晚不會有爐火，不會有玫瑰色的燈光；不會有晚飯，不會有一個公主，坐在光明之中看故事或者講故事——不會有公主了！

當她推開閣樓門時，強自克制住了一聲啜泣，接著，她低聲喊了出來。

那盞燈還在照亮著房間，爐火也還在燃燒，晚飯已經準備好了；蘭達斯站在她面前，朝她吃驚的臉微笑著。

「尊敬的小姐都記得的，」他說。「她把一切都對老爺說了。她希望妳知道降臨在她身上的好運。你看一看盤子裡的一封信。是她寫的。她並不希望妳睡覺時候不高興。老爺命令妳明天去他家。妳將成為尊敬的小姐的隨從。今天夜裡我把這些東西從屋頂上搬走。」

說完，他滿面笑容地微微低頭施禮，然後動作靈巧、不發聲響地穿出了天窗，使貝琪明白了，以前他把東西送進來是多麼地容易。

第十九章・安妮

大家庭的兒童室裡從來沒有洋溢著如此歡樂的氣氛。他們做夢也沒有想到，這樣的歡樂，是來自於他們對那個不是乞丐的小姑娘的親密感情。單單她經歷的苦難和奇遇，就是她的一份珍貴財富。每一個人都要她一再講述她的經歷。當人們在一個燈光明亮的大房間裡，坐在暖和的爐火邊，聽別人講閣樓裡是怎樣寒冷時，這是一件愉快的事情。閣樓使人們相當感興趣，而且只要提起米奇塞德克，談到那些麻雀，以及如果你爬上桌子、把頭和肩膀伸出天窗外面可以看到的東西，那麼寒冷和用品奇缺就顯得無關緊要了。

當然，大家最喜歡的故事，是開宴會和後來夢想實現那一段。莎拉在她被找到後的第二天，第一次講了這段故事。大家庭的幾個成員過來和她一起用茶點，他們在壁爐前的地毯上，有的坐著，有的蜷起身子，她就以自己的方式講這個故事，印度紳士一邊聽，一邊看著她。講完以後，她抬頭看著他，把她的手放在他的膝蓋上。

「這是我的一部分，」她說。「現在請你講講你的那一部分好嗎，湯姆叔叔？」他要求她永遠稱他為「湯姆叔叔」。

「我還不瞭解你那一部分，它一定是非常動人的。」

他就講給他們聽，當他孤獨地坐著、害著病、精神沉悶煩躁的時候，蘭達斯試圖分散他的注意力，就給他講述行人的模樣，他講到有一個小女孩，走過他家門口的次數比別人更多；他就對她發生了興趣——一半是因為他正在經常思念一個小女孩，一半是因為蘭達斯講述了他追捕猴子，後來到隔壁閣樓裡停留片刻的經過。他描述了房間的淒涼景象，以及那個孩子的舉止，她好像不屬於雜務工和僕人的那個階層。蘭達斯逐步瞭解了她的困苦生活。他還發現，在屋頂上爬幾碼距離到達她的閣樓，是輕而易舉的，這個情況就成為以後計劃的開端。

「老爺，」一天他說，「這孩子出去跑腿的時候，我可以爬過石板瓦，幫她在壁爐裡生火。當她回來的時候，身上又濕又冷，發現屋裡生起了火，會以為是個魔法師做的。」

這個想法是如此富於幻想，以致卡里斯福特先生憂傷的臉上也綻開了微笑，蘭達斯非常高興，他把計劃擴大了，並且向他的主人說明，再做一些其他事情也很簡單。他像孩子一樣興高采烈、花樣百出，為了完成計劃，一連許多天興致十足地做著準備，不然的話，那些煩悶的日子是很難打發的。那天晚上，孩子們的宴會夢想破滅了，蘭達斯一直在屋頂上觀察著，準備好的東西都放在他自己的閣樓裡；幫助他執行計劃的那個人，對於參加這樣一次奇特的冒險，興趣也跟他一樣濃厚。蘭達斯一直躺在石板瓦上，向天窗裡張望，直到孩子們的宴會最終遭到毀滅性的打擊；他確信，莎拉由於極度疲乏，會睡得很深沉；然後，他提了一個光線昏暗的燈籠，爬進了閣樓，他的同伴留在屋頂上，把東西遞給他。每逢莎拉稍微翻了一下身，蘭達斯就關上燈籠的滑門，躺在地板上。孩子們問了幾百個問題，弄清楚了上述的以及其他許多激動人心的細節。

「我是多麼高興，」莎拉說。「我是多麼高興，我的這位朋友原來是你！」

從來沒有像他們兩個人這樣的朋友。不知怎麼的，他們好像驚人地相配。印度紳士身邊的伴侶中，他最喜歡的就是莎拉。

過了一個月時間，正如卡麥克先生預言的那樣，他變成了一個新人。他對一切東西都感興趣，並且開始利用他擁有的財富，去追求一些實際的樂趣，而過去他憎恨這筆財富，把它看作是負擔。為了莎拉，就有那麼多可愛的東西可以設計。他們兩個人之間有著一句笑話，說他是一個魔法師，他最喜歡做的事情之一，就是千方百計來使她驚喜。她發現她的房間裡天天調換美麗的花朵，枕頭底下塞著希奇古怪的小玩意兒。

有一天晚上，他們正坐在爐火邊，突然聽見門上有一個大腳掌搔扒的聲音，莎拉過去開開門一看，原來是一條大狗——追捕野豬的大獵狗——脖子上套了一個貴重的金銀拼鑲的項圈，上面以凸出的字母標明一行文字，這行字是：「我叫鮑里斯。我為莎拉公主效力。」

印度紳士非常喜歡回憶衣衫襤褸的小公主的歲月。有許多下午，大家庭的孩子們，或是亞門加德和洛蒂來了，大家聚在一起，說說笑笑，非常愉快。可是，當莎拉和印度紳士兩個人坐著看書或是談話時，又有一番特別的情趣。在這樣的時刻發生了許多有趣的事情。

一天晚上，卡里斯福特先生看書時偶而抬起頭來，注意到他的伴侶坐在那裡一動不動，只是凝視著爐火。

「你在『假定』什麼呀，莎拉？」他問。

莎拉抬起頭，臉頰上放出興奮的光采。

「我在假定，」她說，「我在回憶那一個飢餓的日子，和我看見的一個孩子。」

「可是你過去有許多飢餓的日子，」印度紳士說，聲音裡帶著幾分悲哀。「是哪一天呢？」

「我忘了，你不知道這回事，」莎拉說。「就是我們的夢想實現的那一天。」

於是，她告訴他，那天她走過一家麵包店，她從泥地裡撿到了一枚四便士硬幣，後來碰到一個乞兒，餓得比她更厲害。她講得相當簡單，盡量不多囉嗦；可是不知怎麼的，印度紳士感到有必要用手遮住眼睛，並且低垂目光看著地毯。

「我還在假定一個計劃，」她說，「我在想，我應該做點什麼事。」

「什麼計劃？」卡里斯福特先生低聲說。「只要你喜歡，隨便什麼事情都可以做，公主。」

「我在想，」莎拉遲疑不決地說——「你知道，你說我有許多錢——我在想，是不是我可以去看看那個麵包店的女工，告訴她，如果有挨餓的孩子——特別在惡劣的天氣裡——過來坐在店門口的台階上，或是朝櫥窗裡張望，她就把他們叫進去，給他們一點東西吃，然後她可以把賬單送給我。我可以這麼做嗎？」

「明天早晨你就這麼做吧。」印度紳士說。

「謝謝你，」莎拉說。「你看哪，我知道挨餓是什麼滋味，當你連假裝也沒法把它忘掉的話，那可真難受啊！」

「是啊，是啊，我親愛的，」印度紳士說。「是啊，是啊，一定很難受！盡量忘掉它吧！過來坐在我膝蓋旁邊的腳凳上，只要記住你是一個公主就好了！」

「對，」莎拉笑著說，「我可以向平民百姓贈送麵包。」她過去坐在腳凳上，印度紳士（他有時也喜歡她這麼稱呼他）讓她把小小的長著烏黑秀髮的頭擱在她的膝蓋上，撫摸著她的頭髮。

第二天早晨，明欽小姐從窗戶裡看到了也許是她最不想看到的東西。印度紳士的馬車，由兩匹高頭大馬拉著，停在隔壁房屋的門口，馬車主人和一個孩子，穿著暖和柔軟的昂貴毛皮服裝，走下台階登上馬車。那個孩子是她很熟悉的，使她想起了往昔的時光。那個孩子後面跟隨著另一個同樣熟悉的身影——她一看見就火冒三丈——那是貝琪。她現在高高興興當上隨從，總是陪同她的年輕女主人上馬車，替她拿著包裹和其他東西。貝琪的臉已經有了血色，而且圓了起來。

不一會工夫，馬車停在麵包店門口，印度紳士和莎拉下了馬車，恰巧，那個女工正在把一盤冒熱氣的麵包放進櫥窗裡。她緊緊盯住莎拉看了一會兒，接著，她的和善的臉上露出了喜色。

「我肯定我記得你，小姐，」她說，「不過——」

「是的，」莎拉說，「有一次你收了我四便士，給了我六個圓麵包，還有——」

「還有你把五個麵包給了一個乞兒，」女工插嘴說。「我一直記得這件事情。起初我不能理解它。」她轉過臉去對著印度紳士說。「對不起，先生，像她那樣關心一個飢餓的乞兒的孩子，現在可是不多啦；所以我常常想起這件事。原諒我直說吧，小姐。」——她轉向莎拉——「妳的血色好多了——嗯，比起那天——那天——」

「我氣色是好多了，謝謝妳，」莎拉說。「而且——我也幸福得多了——我來這裡，是想請你為我做點事。」

「我？小姐！」麵包女工喊道，一邊高興地微笑著。「哎呀，上帝保佑妳！好的，小姐。我能做什麼呢？」

於是，莎拉就倚在櫃台旁，給她講了自己的小小計劃：要女工代她向乞兒們施捨麵包，特別是天氣惡劣的時候。

女工看著她，驚奇地聽著她的計劃。

「哎呀，我的天！」她聽完計劃以後說，「我很樂意做這件事情。我自己是個女工，沒有很大的力量，做不了多少事情，四面八方，到處可以看見受苦受難的景象；如果妳肯原諒我的話，我敢說，自從那個下雨天下午以來，我常常想著妳——想到妳身上凍得那麼冷，淋得那麼濕，餓得那麼厲害；可是妳還是像一個公主一樣，把熱麵包送給那個小乞兒，從那以後我已經送掉了不少麵包了。」

聽到這裡，印度紳士不由自主地微笑起來，莎拉也淺笑了一下，她記起來，自己把麵包放在那個餓急了的小乞兒膝上的時候，心裡是怎麼樣想的。

「她看上去那麼餓，」她說。「她比我餓得更厲害。」

「她是長時間挨餓，」女工說。「從那天以後她對我講了許多次——下雨天，她坐在馬路邊，感覺好像有隻狼在撕裂她的五臟六肺。」

「噢，那麼後來妳見到過她？」莎拉喊道。「妳知道她在那裡嗎？」

「是的，我知道，」女工回答，微笑中顯示出更多的善意。「嗨，她就在店堂後間裡，小姐，在這裡已經有一個月了；不久就會長成一個有禮貌、懂道理的姑娘了，而且因為妳瞭解她過去的生活，所以妳簡直難以相信，現在她在店堂裡和廚房裡幫了我這麼大的忙。」

她走到後間的門口說了幾句；緊接著，一個女孩跟著她來到櫃台後面。這真是那個小乞兒，穿得乾乾淨淨、整整齊齊，看上去她好長一個時期沒挨過餓了。她有點害羞，可是五官清秀，由於現在不再流浪街頭，眼睛裡也看不到以前那種野性了。她立刻認出了莎拉，站著盯住莎拉看，好像永遠看不夠似的。

「你們看，」女工說，「我叫她餓的時候就到這裡來，她來的時候，我就讓她幹點零碎活；後來，我發現她幹活勤快，不知怎麼的我漸漸喜歡上她了；結果，我就給了她一份工作和一個家，她就幫我幹活，人是規規矩矩的，也很有良心，總是記住我給她的好處。她的名字叫安妮。

姓就不知道了。」

兩個孩子四目相對地站著，好長一會兒默默不語；然後，莎拉從暖手筒裡抽出一隻手，伸過櫃台去，安妮握住了它，兩個人互相正視著對方的眼睛。

「我真高興，」莎拉說。「我剛剛想到了一件事。也許布朗太太會讓妳給孩子們發麵包。也許妳樂意做這件事，因為你也知道挨餓是什麼滋味。」

「是的，小姐。」那個女孩說。

不知怎麼的，莎拉覺得好像能夠理解她的意思，儘管她說得那麼少，只是站在那裡久久地望著莎拉的背影，一直望到她和印度紳士走出店門，跨上馬車，馬車轔轔地駛向遠方。

〈全書終〉

國家圖書館出版品預行編目資料

小公主／法蘭西絲・霍森・柏納特著；林錚譯 --
二版 -- 新北市：新潮社文化事業有限公司，2022.06
面；　公分
譯自：A LITTLE PRINCESS
ISBN　978-986-316-832-4（平裝）

873.57　　111005294

小公主

法蘭西絲・霍森・柏納特／著

林錚／譯

【策　劃】林郁
【制　作】天蠍座文創
【出　版】新潮社文化事業有限公司
電話：(02) 8666-5711
傳真：(02) 8666-5833
E-mail：service@xcsbook.com.tw

【總經銷】創智文化有限公司
新北市土城區忠承路 89 號 6F（永寧科技園區）
電話：(02) 2268-3489
傳真：(02) 2269-6560

印前作業　菩薩蠻、東豪印刷事業有限公司

二　　版　2022 年 08 月